KB057225

굿바이
DMZ

시나리오 작품집

굿바이
DMZ

성동민

　참으로 오랜 세월을 떠돌았다. 그 숨 가쁜 세월 속에서 가슴 시리도록 방황했다. 길고 힘겨웠던 공직생활은 나의 자존심과 인내심을 정형화된 틀에 꽁꽁 묶어버렸고, 살얼음 같은 경쟁과 뒤처지지 않으려는 욕망이 스스로 형틀을 만들어 40여 년의 긴 세월을 새장 속에서 살아야만 했다.

　숨 막히는 형틀(새장)을 벗어나려고 몸부림쳤다. 날개가 부러지고 피를 토해내면서 밤을 낮 삼아 글을 썼다. 글을 쓰지 않으면, 작품 속의 주인공이 되지 않으면, 나의 존재를 기약할 수 없으리라는 비정한 각오로 마지막 주사위인 양 자신을 용광로에 내던졌다.

　KBS-TV 〈전우〉 드라마를 쓸 때 작가가 된 것처럼 참 교만했다. 동아일보 신춘문예에 당선될 때는 더 교만했다. 문학박사 학위를 취득하고 나서는 마치 내 인생의 꽃이 활짝 핀 줄 알았다. 대학 강단에 서는 게 꿈이었는데, 막상 지나고 보니 그건 한낱 부질없는 무지개였다.

　내 인생의 설계도를 수정하지 않으면, 모진 고통과 몸부림으로 얼기설기 꾸며진 내 삶의 터널을 보수하지 않으면 금방 허물어져 버릴 것 같은 절박한 현실 앞에서, 용서받는 마음으로 겸허하게 매달렸다.

명동성당 복음화 학교를 수료하면서 '눈물로 씨를 뿌리는 자 기쁨으로 얻으리라'는 하느님의 말씀을 행동으로 실천하고 싶었다. 참으로 오랜 세월을 떠돌다가 마침내 나의 보금자리를 폈다. 나이 들어 몸이 불편한 어르신들을 모시는 일이다. 그들의 자존과 인격을 되찾아주는 봉사활동이다. 그들과 어우러져 함께 웃고, 울고, 사랑을 나누는 일이 참으로 행복하다. 내 여생을 이토록 아름답게 물들게 하는 작품이 또 어디에 있으랴.

2021

성동민

목차

F.I (Fade in)

검은색 화면이 점차 밝아지면서 이미지가 점차 선명하게 나타나는 장면 전환 효과이다.

F.O (Fade out)

화면이 차차 어두워지면서 완전히 암전 상태로 전환되게 하는 기법이다.

O.L (Over lap)

현재 화면이 서서히 사라져 가는 데 겹쳐서 다음 화면으로 점차 완전히 바뀌게 하는 기법이다.

인서트 (insert)

시나리오에 쓰이는 용어의 하나로 영화에서 화면과 화면 사이에 갑자기 신문 기사, 명함, 사진, 편지 따위를 확대하여 끼워 넣어서 불쑥 나타나게 하는 것을 말한다.

몽타주

하나의 주제를 요약하거나 시간의 경과를 보여주기 위해 상징적인 이미지들을 압축한 시퀀스(sequence)다.

인터컷 (intercut)

동시간, 서로 다른 공간의 사건, 행위를 교차하여 보여주며 극적인 효과를 주는 편집 기술이다.

커트 백 (cut back)

편집할 때 두 장소에서 동시에 일어나는 숏을 연결하는 몽타주 기법이다. 예를 들어, 전화 통화를 하는 두 사람을 번갈아 보여주는 장면이 있다.

타이틀 백 (title back)

텔레비전 드라마·영화 따위의 시작 부분에 나오는 제목·배역·스태프에 관한 자막의 배경이 되는 화면이다.

국제영화제 출품

시나리오 선정 작품

굿바이 DMZ

남과 북의 젊은이가 사상과 이념을 초월하여 '군대'라는 가장 경직된 틀을 벗어나 순수하고 아름다운 사랑을 나누는 인간적인 휴먼드라마.

사상적 이데올로기가 남북한 사람들 사이에 심리적, 문화적 이질감을 만들고 잠재적 갈등을 조장함으로써 '평화통일'의 길을 요원하게 하고 있는 차제에, 칠십 년 긴 세월 동안 불신과 증오로 분단된 채 살아온 남과 북의 우리 민족이, 이제는 화합과 사랑으로 하나가 되어 '한민족'으로 다시 태어났으면 하는 간절한 염원을 이 작품에 담았다.

비무장지대 DMZ(Demilitarized zone, 非武裝地帶)

비무장지대는 주로 적대국의 군대 간에 발생할 우려가 있는 무력충돌을 방지하기 위해서 설치된다. 한반도의 비무장지대는 1953년 7월 27일 '한국군사정전에 관한 협정'이 체결됨으로써 군사분계선이 확정되고, 이에 따라 휴전선으로부터 남·북으로 각각 2km의 지대가 비무장지대로 설정되어 있으며, 비무장지대에는 군대의 주둔이나 무기의 배치 및 군사시설의 설치가 금지된다.

그 후 1953년 8월 '민간인의 비무장지대 출입에 관한 협의'에 근거하여 비무장지대에 한국 주민 거주의 '자유의 마을'과 북한 주민 거주의 '평화의 마을'이 생겼다.

비무장지대의 출입은 군사정전위원회의 허가가 있어야 하며, 특히 판문점은 군사정전위원회와 중립국감시단이 함께 있는 쌍방 공동경비의 비무장지대로서, 쌍방의 경비병이 군사분계선을 자유로이 드나들었으나 1976년 북한군의 도끼 만행사건 이후 금지되고 있다.

비무장지대는 한반도 휴전의 상징지역이며, 휴전 확보의 중요한 구실이 수행되는 지역이기도 하다. 2021년 현재 70년 가까이 전면 출입통제지역으로 자연이 잘 보존되어 있어 자연 생태계에 대한 학술연구 대상으로도 매우 중요하다.

〈굿바이 DMZ〉 줄거리

2008년 6월.

한국의 여자관광객 박은미(57세)가 북한 금강산 온정리 해안초소 주변에서 인민군에게 납치된다. 뇌종양과 알츠하이머를 앓고 있는 그녀는 자신이 왜 납치되었는지를 알지 못한다. 그러나 이 사건을 계기로 남·북한 당국 사이에 고도의 심리전이 전개된다.

평양방송은 박은미가 평소 북한 사회를 동경해왔고, 북한의 공훈 화가 리국봉을 사모하여 자진 월북했다고 발표한다.

청와대 국가안보회의 실무대책회의가 급히 열리고, 관련 부처 관계관이 참여한 가운데 박은미에 관한 신원과 동향을 보고한다.

국방부 관계자가 30년 전 박은미의 군대 생활 행적을 브리핑한다.

(자막) 1978년 서부전선 DMZ—

대한민국 국방부와 북한의 인민무력부 고위층들이 알지 못하는 해괴한 일들이 서부전선 비무장지대에서 일어난다.

이를테면, DMZ 철책선을 사이에 두고 정찰 임무를 띤 남·북한군 수색대 병사들 사이에 자유로운 대화가 오가고, 원하는 물건들을 서로 주고 받는 것이다.

어느 날.
대북 확성기방송을 담당하는 여군 박은미 하사(27세)가 국군 GP 초소에 배치된다. 빼어난 미모와 남다른 전선 경험을 쌓은 베테랑 심리전 요원이다.

은미의 포근하고 감미로운 목소리에 넋을 잃는 인민군들.
쌍안경으로 은미를 포착한 인민군 초소 리국봉 하사가 도화지에 은미의 얼굴을 그려 꼬리연을 이용하여 국군 GP로 날려 보낸다.

그로부터 국군의 박은미와 인민군의 리국봉 사이에 숙명적인 러브스토리가 시작된다.
아군 수색대 고참 김철민 병장이 중간에서 뚜쟁이 역할을 한다.
리국봉이 보낸 초상화 사건을 중대장이 알게 되지만, 비무장지대에서의 사사로운 행동으로 질책을 받을까 두려워 상부에 보고하지 않는다.

시간이 흐를수록 은미에 대한 인민군의 반응이 폭발적이다.
리국봉의 집요한 구애작전도 본색을 드러낸다.
자신의 초상화와 산수화, 연애편지까지 써서 김철민을 통해 수차례 은미에게 전달한다.

베테랑 박은미 하사는 초상화와 연애편지가 인민군 상부 지시에 의한 고도의 대남심리전이라고 비하하면서 대수롭지 않게 여기지만, 동료 여군이 은근히 그녀를 시샘하고, 병사들 사이에도 이상한 소문이 돌기 시작한다. 박은미와 리국봉이 밤에 몰래 철책선에서 만나 연애질을 한다는 루머였다.

은미가 전입해 올 때부터 잔뜩 눈독을 들이던 오평수 하사가 끈질기게 달라붙어 구애하면서 은미를 괴롭힌다. 은미에 대한 오 하사의 행동이 날이 갈수록 거칠어지고 비인간적인 충격이 커질수록 은미의 마음은 리국봉에게로 점점 기울어진다.

은미와 국봉은 편지를 통해 속마음까지 얘기할 정도로 가까워진다. 인민군의 대남심리전이 아니라 인간 리국봉의 뜨거운 열정과 사랑의 세레나데임을 느끼는 은미는 그의 매력에 점점 빠져든다.

폭우가 쏟아지는 어느 날 밤.
김철민의 안내로 DMZ 중앙분계선 철조망에서 은미와 리국봉이 극적으로 상봉한다. 철조망 사이로 손을 붙들고 연민의 눈물을 쏟는 남과 북의 두 연인.

리국봉이 어머니가 남긴 옥 반지를 은미 손가락에 끼워주자 은미도 대검으로 자신의 머리카락을 잘라 국봉에게 건넨다. 감격에 젖은 리국봉.
올 연말에 제대하면 북한을 탈출하여 남한으로 가서 은미와 꼭 결혼하겠다고 언약한다.

그들이 헤어져 돌아서려는데, 북쪽 비무장지대에서 노루 한 마리가 남쪽을 향해 뛴다. 그 순간, 인민군 초소에서 불을 뿜는다. 아군 GP에서도 대응사격을 가한다. 조명탄 불빛에 쓰러지는 산노루.
쌍방 간의 치열한 교전과 함께 사격중지 경고방송이 시작된다.

잠시 총성이 멈추는 순간,
북쪽에서 다시 강렬한 폭발음과 함께 지뢰가 터진다.
비명과 함께 처절하게 쓰러지는 리국봉.

뒤늦게 GP 초소에 나타난 은미.
중대장은 여기에 근무할 자격이 없다며 그녀의 '헌병' 완장을 낚아채어 집어 뜯고 야단을 친다.

이 사건으로 인해 보안부대 조사를 받고, 결국은 군 검찰에 기소되어 군사재판을 받는 박은미 하사.
'국가보안법', '간첩죄', '특수직무유기죄' 등의 죄명으로 25년 형을 선고받고 교도소에 수감된다.
리국봉 역시 왼쪽 다리가 절단되고, 오른쪽 눈이 실명된 채 야전병원으로 후송되는 비운을 겪는다.

교도소에서 수차례 자살을 기도하지만 실패하는 은미.
평양 인민공훈예술단(415 창작단) 공훈 화가로 발탁되어 반신불수가 된 채 산수화를 그리는 리국봉.

박은미 연애사건으로 불명예 제대한 중대장 옥도명 대위와 당시 GP를 드나들며 기도를 해주던 대대 군종참모 조기원 목사가 교도소를 찾는다.
그들의 헌신적인 도움을 받아 리국봉이 보낸 편지와 그를 그리워하며 눈물로 쓴 자작시와 전방생활 사진을 엮어 〈슬픈 DMZ〉라는 시집을 출간한다.

베스트셀러에 오르는 은미의 〈슬픈 DMZ〉 시집.
사상과 이념을 뛰어넘은 남과 북 두 젊은이의 순수하고 열정적인 사랑에 언론과 네티즌들은 희망과 성원의 박수갈채를 보낸다.
국내·외 언론의 열띤 취재로 국방부와 여성단체, 법무부, 교도소 등 관련 기관이 마비될 지경이다.

박은미를 구명하자는 캠페인이 전개된다.
가두 서명운동. 유엔과 청와대에 탄원서를 보내는 여성인권단체.
집회를 벌이는 북한 인권시민연합 회원들.
법무부와 정부종합청사를 항의방문, 경찰과 격렬하게 몸싸움을 하는 탈북자단체 회원들.
CNN과 인터뷰하는 조기원 목사와 옥 대위.
교계 지도자들과 평양을 방문하는 조기원 목사가, 북한 실권자를 만나 리국봉 면담을 요청하지만 냉정하게 거절당한다.
인권단체의 집요한 구명운동에 힘입어,

집행유예 선고를 받고 교도소에서 풀려나는 은미.

임진각 일대에서 대형 기구(풍선)를 띄우는 북한 인권시민연합이 경찰과 대치하며 구호를 외치는데,

10년 전 평양방송이 재현된다.

"남조선 정부가 박은미를 빙자하여 북조선 인권을 운운하면서 인도주의를 핑계 삼아 인민의 주체사상을 교란시킬 목적으로 교활하게 심리전을 자행하고 있다. 리국봉을 남조선으로 송환하라는 불손하고 음흉한 저들의 계략에 추호도 응할 수 없다."는 내용이다.

'알츠하이머 급성치매' 진단을 받는 은미.

리국봉과 인연을 맺었던 30년 전 국군 GP 초소에 가게 해달라고 애원하자, 국방부 협조로 GP를 찾는다.

평양방송이 김일성궁전에 리국봉이 그린 금강산 만물상 산수화가 게시되었다고 보도하자, 이 방송을 시청하던 은미가 갑자기 발작하면서 난동을 부린다.

리국봉 역시 술을 마시고 식칼로 그리던 그림을 갈기갈기 찢으며 울분을 참지 못한다.

추가 진단으로 드러나는 은미의 충격적인 급성뇌종양.

석 달 남짓 시한부 생명이며, 이미 때를 놓쳐 더 이상 치료가 불가능하다는 선고를 받는다.

그녀는 자나 깨나 금강산에 가고 싶다고 졸라댄다.

의사의 반대에도 불구하고 은미와 함께 금강산 관광에 나선 조 목사와 옥 대위. 금강산 만물상 코스에 올라 감격스러워 하다가 다시 발작하는 은미.

조 목사와 옥 대위가 온천욕을 하는 사이에,
관광객 숙소를 몰래 빠져나와 인민군 초소 주변 해안가 철책선을 따라 산책을 하다가 북한 초소로부터 총격을 받고 납치당하는 은미.

정치보위부의 고문을 이기지 못한 채,
결국은 자진 월북했다고 허위로 자백하는 은미.
평양방송은 그녀가 오래전부터 사모해 온 북조선 공훈 화가 리국봉을 만나기 위해 금강산을 관광하다가 죽음을 무릅쓰고 북조선으로 탈출해왔으며, 30년 전 리국봉이 준 어머니 옥 반지를 끼고 있었고, 리국봉의 초상화를 품에 안고 왔다고 긴급 보도한다.
은미는 모란봉 초대소에서 리국봉과 극적인 눈물의 상봉을 한다.
은미 손가락의 옥 반지를 보면서 눈물을 쏟는 리국봉.
그가 품 안에서 은미의 머리카락 뭉치를 꺼내 보여주자,
다시 부둥켜안고 통곡하는 남과 북의 두 연인.
병원 수술실.
은미의 시신을 확인하고 통곡하는 리국봉.
그녀가 남긴 편지를 보며 더욱 오열한다.
리국봉에게 개안수술이 진행된다.

평양방송 긴급보도.

"북으로 귀순해 온 박은미가 모란봉 초대소에서 사모하던 공훈 화가 리국봉을 만나는 순간, 정신적 충격을 받아 심장마비로 사망하였다. 박은미는 자기가 죽고 나면 자신의 눈을 사모하는 리국봉에게 옮겨주어 리국봉이 그림을 더 잘 그릴 수 있도록 해달라는 유언을 남겼다."는 내용이다.

휠체어를 탄 리국봉이 판문점 군사정전위원회 회담 장소 군사분계선에서 은미의 유골함을 조기원 목사에게 건네주자,
조 목사는 은미의 〈슬픈 DMZ〉 시집을 국봉에게 주면서 두 손을 꼭 잡아준다.
한없이 눈물을 쏟는 리국봉.
그 순간, 은미의 시집 표지가 〈굿바이 DMZ〉로 바뀌면서
실신하듯 허공을 향해 오열하는 국봉.
내·외신 기자의 열띤 취재.
개안수술을 받아 두 눈은 정상이지만 처절한 모습의 리국봉.
그의 일그러진 얼굴에서—

엔딩 마크.

● 박은미 (27세-57세)

하사, 국군 대북심리전 여군 방송요원

시 쓰기와 사진 찍기를 좋아하며, 이지적이고 아름다운 미모를 지닌 서울 출신의 발랄한 여성. 북한 인민군 소속 대남심리전 요원 리국봉 하사와 은밀히 사랑을 나누다가 발각되어 국가보안법 위반으로 중형을 받고 교도소에 수감된다. 교도소에서 생활하는 동안 〈굿바이 DMZ〉 베스트셀러 시집을 발간, 화제의 인물이 된다. 조기원 목사와 옥도명 중대장의 도움으로 출소하지만, 알츠하이머병이 악화되어 이미 시한부 생명을 선고받는다. 평생 리국봉을 사랑하고 그리워하다가 본인의 간절한 청원으로 금강산을 방문하지만, 북으로 납치되어 평양에서 리국봉과 극적인 상봉을 하다가 심장마비로 숨을 거둔다. 리국봉에게 자신의 한쪽 눈을 이식해 달라는 유언을 남긴 채 사랑의 화신이 되어 남북 화해의 징표를 남기고 하늘나라로 떠난다.

● 리국봉 (30세~40세)

하사, 인민군 분대장, 공훈 화가

북한 인민군 하사. 정치보위부 소속 대남심리전 요원. 화가였던 부친
은 대학교수였고, 본인 역시 타고난 천부적인 그림 솜씨를 지녔다. 박
은미의 가슴 속에 '영원한 사랑'의 불씨를 심어준다. DMZ에서 박은
미와 은밀한 사랑을 나누다가 복귀하면서 지뢰가 터져 불구가 되고,
불명예제대를 하지만, 재능을 인정받아 김일성궁전 대형 초상화를
그려 공훈 화가가 된다. 예술적 재능과 투사적 기질을 동시에 갖춘
불행한 시대의 로맨티스트 리국봉. 그는 박은미의 한쪽 눈을 이식받
아 새로운 생명을 찾지만, 평생 사랑했던 여인을 떠나보내야만 했던
비련의 주인공이다.

- 조기원 (32세-62세)

군종장교, 목사

박은미의 일대기를 지켜본 장본인. 제대 후 개척교회 담임목사로 성공한다. 박은미 구명운동을 적극적으로 펼치면서 남북 화해 무드 조성에 기여한다.

- 옥도명 (29세-59세)

중대장, 대위

박은미 부대의 중대장. 은미 사건으로 불명예제대를 당한 후 조기원 목사를 도와 박은미 구명운동에 나선다. 의리와 패기와 신념이 강한 사나이다.

- 김철민

수색대, 병장

수색대 분대장 직대. 박은미와 리국봉 둘 사이를 맺어주려고 노력하지만, 결국 그로 인해 박은미가 수렁에 빠져들어 불행을 맞는다.

• 오평수

GP 초소 분대장, 하사

하사, GP 초소 분대장. 박은미를 사모하다가 거절당하자 DMZ 내통 사건을 수사당국에 밀고하여 박은미를 구렁텅이에 몰아넣고 마는 비열한 사내.

• 송나영

여군 방송요원, 하사

하사, 대북심리전 방송요원, 박은미의 동료. 후덕해 보이는 스타일이다.

• 청와대 안보대책회의 책임자

예리해 보이지만 신경과민형이다.

• 심리전부대 장군

카리스마가 넘친다. 몹시 신경질적이고 책임감이 강해 보인다.

- 보안부대/정치보위부 조사관

깡마르고 표독스런 전형적인 수사관 스타일이다.

- 국군 GP 초소 소대장과 소대원

- 인민군 초소 병사들

- 비무장지대 남·북 수색대대원들

- 청와대 안보회의 대책위원들

- 군사정전위원회 남북 대표들

- 심리전부대 장군과 실무 장교들

- 보안부대 조사관

- 정치보위부 조사관들

- 병원 의사

- 여성인권단체 회원들

- 북한 인권 시민연합 회원들

- 탈북자단체 회원들

- 내·외신 기자들

- 경찰관과 기동대대원들

- 병원 환자들

- 교도소 직원들

- 판문점 남·북 근무병들

굿바이 DMZ

S#1. 인민군 해안초소 (해 질 무렵)

(자막) 2008년 6월—

북한 금강산 온정리 철책선 주변. 해안선을 따라 한 여인이 산책한다. 분홍색 원피스 차림의 한국 여자관광객 박은미(57세). 나비처럼 훨훨 날아오를 것 같은 평화로운 몸동작. 기쁜 생각에 잠긴 듯 밝고 화사한 표정. 교양미가 넘치는 미모의 얼굴이다. 쌍안경으로 그녀를 포착하는 인민군 초병. 쌍안경 렌즈에 포착되는 은미 모습. 초소 비상용 전화기로 상부에 급히 보고한다. 그 순간, 일제히 불을 뿜는 북한 경비초소 기관총. 은미를 중심으로 원을 그리며 우박처럼 쏟아지는 총탄세례. 비명과 함께 두 손으로 귀를 틀어막고 모랫바닥에 바싹 엎드리는 은미, 머리를 박고 엉덩이를 하늘로 올린 채 떨고 있다.

은미에게 총부리를 겨누며 포위하는 인민군 군관과 초병들. 그녀의 뒤통수에 권총을 들이대는 정치보위부 요원. 실성한 듯 신음소리를 내며

부들부들 떠는 은미. 그녀를 일으켜 세워 몸을 수색하는 인민군 여군. 은미 앞가슴에서 북한 공훈 화가 리국봉의 초상화가 나온다. 초상화를 펼쳐보던 정치보위부 요원이 턱짓하자, 은미를 초소 방향으로 거칠게 끌고 간다.

S#2. 평양방송 긴급보도

(자막) '남조선 금강산 관광객 박은미(57세) 자진 월북'

여성 앵커의 앙칼진 목소리. "위대한 조선민주주의인민공화국을 그리워하던 남조선의 박은미라는 여성동무가 금강산 관광객으로 위장하여 온정리 철책선을 넘어 북조선으로 탈출해왔습니다. 그런데 박은미 여성동무 품 안에서 북조선의 공훈 화가 리국봉 동지의 초상화가 발견되었으며, 박은미 여성동무는 오래전부터 리국봉 동지를 사모해오다가 자진해서 우리 공화국으로 월북했다고 밝혔습니다."

S#3. 청와대

국가안보 실무대책회의가 열리고 있다. 박은미 월북 관련 평양방송 청취가 끝나자, 국방부 관계자가 30년 전 은미의 군대 생활 행적을 보고

굿바이 DMZ

한다. 프레젠테이션 화면에 떠오르는 박은미 하사의 군 생활 사진들. 여군훈련소 훈련장면. 하사 계급장을 달고 기뻐하는 모습. 찝차를 타고 이동하는 장면. 카메라로 야생화를 찍는 모습. 마이크를 잡고 대북 확성기방송을 하는 미모의 그녀 얼굴에서,

S#4. 메인타이틀

〈굿바이 DMZ〉

S#5. 비무장지대 GOP 연병장 (낮)

(자막) 1978년 서부전선 DMZ—

오픈카 찝차 한 대가 뿌연 먼지를 날리며 중대 연병장으로 들어선다. 밝은 표정으로 내리는 박은미 하사. 중대장 옥도명 대위에게 '충성' 하며 거수경례를 한다.

중대장   (악수하며) 박은미 하사, 우리 중대 전입을 진심으로 환영합니다.

박은미   감사합니다. 열심히 근무하겠습니다.

중대장	(선임하사에게) 오늘 저녁 수색 근무조가 누군가?
선임하사	예, 1소대 3분댑니다.
중대장	오늘 근무조 편에 박 하사를 GP로 안내하도록 해! 그런데 3 분대장이 공석이잖아?
선임하사	고참 병장이 분대장 대행근무를 아주 잘하고 있습니다.
중대장	김철민?

중대장이 들어가자, 김철민 병장이 은미 앞에 잽싸게 나타나 은미에게 '충성' 거수경례를 하고는, 비밀 얘기라도 나누듯이 손바닥을 그녀 귀에다 대고 뭐라 속삭인다. 느닷없이 군홧발로 철민 정강이를 걷어차는 은미. 거꾸러지는 시늉을 하며 엄살을 피우는 철민에게 턱짓하자, 찜차에 실린 은미의 더블백을 트럭에다 옮겨 싣는다. 철민을 보면서 낄낄대는 수색대원들. 철민이 째려보자 슬금슬금 흩어진다.

S#6. 트럭 뒤편 짐칸 (낮)

비무장지대 험한 산길. 비포장도로를 힘겹게 오르는 수색조 트럭. 중무장한 수색대원 7~8명이 타고 수군덕거린다.

병사1	철민이 금마 박 하사한테 와 쪼인트 까진 줄 아노?
병사2	(운전석을 가리키며 쉬잇. 손가락으로 입을 막고) 철민이가 뭐고, 총대장이라 불러야제.

굿바이 DMZ

병사3	별 네 개 대장 위에가 병장이고, 고참 병장, 그것도 분대장 직대니깐 참모총장보다 더 높은 총대장이제.
병사1	시끄럽다. 우쨌든, 총대장이 와 쪼인트 까진 줄 아노 말이다.
병사2	박 하사 볼때기에다 뽀뽀할라다가 그랬다이가.
병사1	씨잘데 없는 소리 마라. 총대장이 와 터졌냐믄 말이다.

손짓으로 불러 모아 수군거리다가, 으하하하. 배꼽을 잡고 웃는 대원들.

병사3	기집애한테 껄떡대다가 얻어터진 적이 어디 한두 번이여?

S#7. 트럭 안 (같은 시각)

운전석 옆에 은미와 철민이 타고 있다.

김철민	박 하사님 고향이 서울이라 했지라 잉. 서울 어느 동네다요?
박은미	(씨익 웃고 만다)
김철민	실은 나도 서울인디. 엄청 후진 학꼬방 깡촌이랑께요. 혹시 말죽거리 달동네 아능가 모르겠소.
박은미	(관심 있게 본다)
김철민	전라도 촌놈이 불알 두 쪽 차고 맨몸으로 올라와 야간

상고라도 나왔응께 출세했지라? 학교 다닐 적에 내 짝
꿍 말순이란 년이…. 아이쿠 죄송허요. 말순이 갸가 엄
청 이뻤어라. 박 하사님보다는 빠지지만.

박은미   말죽거리… '현대상고' 말이야?

김철민   워매, 현대상고를 워떠케 안다요?

박은미   몇 회야?

김철민   28회디요. 기수는 왜 묻는디요?

박은미   (철민 가슴을 툭 치며) 앞으로 나 잘 모셔 임마! 네 3년
선배야.

김철민   (은미 손을 덥석 잡으며) 지금 뭐라 했소? 박 하사님이
우리 선배라고라. 허허 워매, 대한민국 최고 미인 선배
님 만나 뿌럿네! 지금부터 누님이라 부를 텡께 나 좀 이
뻐해주시오. 이잉?

S#8. GP 초소 (해 질 무렵)

GP 주차장에 들어서는 트럭. 초소 대원들이 도열해 있다. 동료 심리전
여군 방송요원 송나영 하사가 은미에게 거수경례하며 반갑게 맞는다.
매혹적인 은미의 미모에 넋을 잃고 보다가, 덩달아 경례하는 대원들.
유독 은미에게 눈독을 들이는 GP 분대장 오평수 하사. 깡마른 얼굴에
날카로운 눈매와 일그러진 미간, 조폭 같은 인상이다. 더블백을 매고
거만스럽게 은미 뒤를 따르는 김철민. 오 하사가 철민을 째려본다.

초병1	(새끼손가락으로 은미를 가리키며) 야, 철민아, 어떤 사이고?
김철민	우리 누님이랑께!
초병1	히야, 점마 재주 좋네. 어디서 또 저런 미인을 줏었노.
오 하사	(턱으로 철민을 가리키며) 저 자식 뭐야?
초병2	수색대 김철민 병장 아닙니꺼. 지 누나라 카는데, 괜히 허풍떠는 거 갓십니더.
오 하사	(철민을 계속 째려본다)

무척 부러워하는 대원들. 능청맞게 V자를 그리며 방송실로 따라 들어가는 철민.

S#9. DMZ 중앙분계선 철책 근처 (밤)

산짐승들의 울음소리. 김철민 수색조 일행이 사주경계를 하며 은밀하게 이동한다. 행동 하나하나가 긴장의 연속이다. 어슴푸레 드러나는 DMZ 중앙분계선 철책. 가까이 다다르자 수신호를 하는 철민. 일제히 자세를 낮추는 대원들. 철책 반대편에서 인기척이 들린다. 모습을 드러내는 몇 명의 인민군 수색대원.

김철민	(숨죽이며) 국봉이여?
리국봉	(허스키한 목소리) 으응, 나 국봉. 철민 동무, 특급담배

	(고급담배) 가져와서?
김철민	(철조망 사이로 국산 담배를 내밀며) 담배 좋아하믄 빨리 뒈져!
리국봉	(호주머니에 담배를 넣으며) 오늘 저녁켠(오후)에 온 하사 에미나이 얼굴도 이뿌고 다리매(각선미)가 미끈하더구만…. 이름이 뭐이가?
김철민	(혼잣말로) 짜식, 여자만 보믄 껄떡댄다니깐. 이 세상에 공짜가 어디 있냐.
리국봉	공짜가 뭐이가?
김철민	(술잔 들이키는 시늉을 하며) 임마, 이것도 모르냐? 개성 인삼주나 들쭉술 그런 거 말이여.
리국봉	내일 갖다 줄테니끼니. 에미나이 뉘기야?
김철민	나 고등학교 선배 박은미 하산데, 한 마디로 죽인다 죽여.
리국봉	뭐이가 말이야?
김철민	미모로 말혈 거 같으면 장미희, 강수연 뺨칠 정도요, 몸매로 말혈 거 같으믄 김혜수가 울고 갈 정도랑께. 국봉이 니는 보는 순간에 상사병 나뿔거여. 오늘부터 은미누님이라 부르기로 했당께.
리국봉	히야, 철민 동무 기분 좋겠다야…. 이보라우 철민 동무! 내래 당 간부가 준 특급 뱀술 철민 동무한테 줄 테니끼니 고 에미나이 난테 소개 좀 하라우!
김철민	(혼자 중얼거리며) 엠병할 잡놈, 그림쟁이 아니랄까 봐 기집애는 대개 밝히네!

S#10. 국군 GP 초소 (낮)

초소 밖으로 나오는 소대장과 은미, 동료 여군 송나영 하사, 오평수 하사, 소대원 2명이 따라 나온다. 휴대용 소형확성기로 심리전 대면작전 (쌍방 초소 대원끼리 서로 대화를 나눔)을 하기 위해서다. 멀리 보이는 인민군 초소에서 먼저 말을 건네온다.

인민군1	(소리) 남조선 동무들! 기분 좋겠수다. 난데 손님(낯선 손님)이 새로 와서.
소대원1	낯선 손님이라니 무슨 소리야?
인민군2	(소리) 짱구 동무, 흐림수(속임수) 쓰지 말라우. 내래 이미 다 알고 이서…. 박은미 하사동무, 내래 여기 초소 해성이란 친구인데 은미 동무, 전입 온 것을 전폭적으로 환영합네다!
박은미	(놀랜 표정이지만 침착하게) 해성 친구 안녕하세요? 만나서 반갑습니다.
인민군2	(소리) 박 동무, 목소리도 끝내주구만 그래. 우리 서로 만나서 반가우니, 박 동무 노래 한 곡 불러보라우!

S#11. 인민군 초소 (같은 시각)

쌍안경으로 국군 초소를 감시하는 리국봉 하사. 쌍안경 렌즈에 은미 얼굴이 포착된다. 그녀의 매혹적인 미모에 넋을 잃고 보다가, 서랍에서 도화지를 꺼내 연필로 은미 초상화를 그리기 시작한다.

박은미	(소리) 해성 씨 옆에 있는 친구는 이름이 뭐예요?
인민군1	내래 성철이야요. 은미 동무 반갑습네다.
박은미	만나서 반가워요. 성철 씨는 누구 노래를 좋아해요?
인민군1	내래 〈수령님, 이 밤도 깊었습니다〉를 잘 부르디.
박은미	(소리) 그런 거 말고 우리 쪽 가수 좋아하는 노래 없어요?
인민군2	내래 혜은이 가수가 부른 〈당신은 모르실 거야〉를 좋아하디. 위대하신 수령님께서 우리를 얼마나 사랑하시는지 동무들은 모를 테니까니···.
박은미	(소리) 어머나, 혜은이 씨 노래를 좋아한다구요? 〈당신은 모르실 거야〉 멋지게 한 번 불러줄래요?
인민군2	우리 수령님을 찬양하는 노래는 함부로 부르는 거 아니야요. 은미 동무가 먼저 해보라우!

국군 초소에서 대원들의 낄낄 웃는 소리가 들린다. 쌍안경에서 눈을 떼지 못한 채 스케치에 열중하는 리국봉, 프로화가 못지않은 노련한 솜씨다.

박은미	(소리) 여자가수는 누구를 좋아해요?
인민군1	고거야 의당히 이미자 가수의 〈섬마을 선생님〉이디. 이미자 얼굴은 못생겼디만, 선상님을 사모하는 에미나이

마음이 상 줄만 하니까니. 거 박은미 동무가 한번 불러
보라우!

박은미   (망설이다가 부르는 소리) "해당화 피고 지는 섬마을에."

거의 완성된 은미의 초상화를 쌍안경 속의 은미 얼굴과 대조해 보면서
흡족해하는 리국봉. DMZ 계곡을 타고 코러스되는 은미의 노랫소리.

S#12. 심리전 방송실 (낮)

은미가 대북 확성기방송을 하기 위해 원고를 준비하고 있다. 삐죽 문을
열고 안쪽을 살피는 김철민 병장. 그 뒤쪽에서 철민의 동태를 주시하는
오평수 하사. 철민이 안으로 들어가자 문틈에 귀를 대고 엿듣는다.

김철민   (잽싸게 들어가며) 누님!

박은미   (놀라며) 야, 네가 이 시간에 웬일이야?

김철민   (뭔가를 불쑥 내민다)

박은미   (펼치며) 뭐야?

김철민   누님 전입을 환영하는 의미에서 선물 하나 준비했어라.

박은미   (깜짝 놀라며) 아니 이건 산수화 그림 아냐. (밑부분 화
                가 이름을 보면서) 리국봉? 이 사람 누구야?

김철민   북한 화가

박은미   화가?

김철민	쬐끔 유명한 놈인디, 얼굴도 미남이고 소갈머리가 쓸 만
	헌 친구랑께요.
박은미	친구?
김철민	(민망스러운 듯) 뭐시기 그냥, 철책에서 오다가다 자주
	만난께 저절로 친해집디다. 그쪽도 계급이 하산디.
박은미	(그림을 내던지며) 너 지금 무슨 짓거리 하는 거야? 죽으
	려고 환장했어? 이런 거 들고 다니다 들키면 어쩔라고.
김철민	아따, 누님도. 고참 병장을 뭘로 보요. 나중에 다 기념
	될 테니께 쥐도 새도 모르게 꼬불쳐 놓시요!

철민이 나오는 순간, 문 앞에서 일부러 마주치는 오 하사. 말없이 철민을 째려보자, 엉겁결에 화들짝 놀래는 철민. 도망치듯 사라진다.

S#13. 비무장지대 (저녁 무렵)

저녁노을에 젖어드는 산야. DMZ 철책을 따라 떼 지어 날아가는 철새.
확성기에서 울려 퍼지는 포근하고 감미로운 은미의 목소리.

S#14. 심리전 방송실 (같은 시각)

감정에 도취된 듯 숙연한 표정으로 방송 원고를 읽는 은미.

굿바이 DMZ

| 박은미 | "전연 지대에서 고생하고 계시는 인민군 오빠! 저녁노을이 아름답게 물드는 이 시간, 하늘을 나는 저 철새들도 사랑하는 짝을 찾아서 날아가고 있겠지요? 잠시 무거운 총을 내려놓고 제 목소리에 스며있는 마음의 정을 한껏 느껴보시기 바랍니다. |

인민군 오빠! 여러분도 여자 친구나 애인이 있겠죠? 혹시 군대에 입대해서 사랑하는 사람으로부터 편지를 받아 본 적이 있나요? 아름다운 꽃 편지 속에 노란 은행잎이 끼워져 있는 그런 사랑의 편지를 말입니다.

이곳 자유대한의 장병들은 많은 편지를 주고받으면서 비록 몸은 떨어져 있지만, 사랑하는 사람과 서로 정을 나누고 고향 소식을 전해 듣는답니다. 저도 인민군 오빠들에게 사랑의 편지를 전하고 싶지만 전달할 수 없어 안타깝기만 합니다."

S#15. 인민군 초소 (같은 시각)

골똘히 생각에 잠긴 리국봉. 낭랑하게 들려오는 은미의 감미로운 목소리. 담배 연기로 동그라미 원을 그리다가, 서랍에서 은미의 초상화를 꺼내 물끄러미 본다.

| 박은미 | (목소리) "사랑은 이념도 국경도 없다고 합니다. 인간보 |

다 못한 저 새들도 자유롭게 창공을 날아 오갈 수 있는
자유가 주어지는데, 어찌하여 우리는 남과 북이 갈라져
서로를 비방하고 감시하면서 살아야만 합니까. 우리는
서로 사랑하면 안 될까요? 우리가 서로 마음을 나누고
정을 나누면 안 되나요?

인민군 오빠! 여러분은 진정 누구를 위해서 살고 있습니
까? 모두 자신을 위해서 사는 게 아닐까요? 우리가 서
로 만날 수 없고 얼굴을 볼 수는 없지만, 가슴 속의 편
지로나마 정을 나누고 손을 맞잡고 살았으면 좋겠습니
다. 인민군 오빠! 오늘 밤도 제 얼굴을 그려보면서 행복
한 시간 보내십시오." (고조되는 음악)

S#16. 인민군 GP 내무반 (같은 시각)

담배를 꼬나물고 다리를 꼰 채 누워있는 오평수 하사. 확성기에서 울
려 퍼지는 은미의 목소리에 도취되어 마이크 앞에 앉은 미모의 그녀 얼
굴을 떠올린다.

S#17. 인민군 초소 근처 (밤)

달이 밝다. 꼬리연에 봉지를 매달아 띄우고 있는 리국봉. 연이 공중에

오를 때까지 실타래를 풀다가 감았다가 한다. 바람을 타고 연이 중심을 잡자, 칼로 연줄을 싹둑 자른다. 바람을 타고 남쪽으로 향하는 꼬리연. 회심의 미소를 짓는 국봉.

S#18. 국군 GP 초소 (낮)

심각한 표정의 중대장 옥도명 대위. 꼬리연을 살피다가 연에 매달린 봉지를 펼친다. 연필로 그린 박은미의 초상화가 나온다. 경악하는 중대장, 은미와 대원들.

중대장	(골똘히 생각하다가) 심리전 차원에서 저놈들이 계획적으로 보냈을 거야. 좀 더 상황을 지켜보고 조치할 테니까 대원들 입조심 하고 철저히 보안유지 하도록 해!
소대장	알겠습니다.
중대장	(오 하사에게) 박 하사 대면작전 반응은 어때?
오 하사	(은미 눈치를 살피며) 인기 최곱니다. 첫날부터 쟤들 짱 구하고 성철이가 박 하사한테 찰싹 달라붙었습니다.
중대장	박은미 하사는 좀 더 적극적으로 쟤들을 유인해 봐! 끈질기게 접근하다 보면 좋은 성과를 거둘 수도 있을 테니까.
박은미	최선을 다하겠습니다.

S#19. GP 초소 식당 (낮)

은미가 따로 앉아 혼자서 점심식사 중이다. 식당 문틈으로 안을 살피다가 들어오는 오평수 하사. 은미 식기 밑에 쪽지를 놓고 지나간다. 펴보는 은미.

오 하사   (소리) 은미 씨, 지금 휴게실로 와요. 차 한 잔 살게.

얼굴을 찌푸리며 쪽지를 구겨 호주머니에 넣고 나간다. 문틈으로 은미의 행동을 예의 살피는 오 하사.

S#20. 초소 주변 (같은 시각)

카메라로 야생화를 찍고 있는 은미. 즐거운 표정이다. 가까이서 지켜보는 오평수 하사. 기분이 나쁘다.

오 하사   (시비조로) 어이, 선배가 차 한 잔 사겠다는데 피하는 이유가 뭐야?

박은미   (대꾸하지 않고 모르는 체한다)

오 하사   (카메라를 가로막으며) 내 말 안 들려?

박은미   왜 자꾸 치근덕거려요? 싫다면 말아야지. 난 개인적으로 오 하사님 만나기 싫단 말이에요!

굿바이 DMZ

오 하사	이유가 뭔데?
박은미	그냥 싫어요. 남들 눈치 보기도 싫고요.
오 하사	(달래듯) 그러지 말고 친오빠라 생각하고 시간 좀 내줘!
박은미	(뺑하니 쳐다보다가 홱 돌아서 내려간다)
오 하사	(기분 상한 듯 담배에 불을 붙인다)

S#21. 여군 내무반 (밤)

다른 침대에 송나영 하사가 잠들어 있고, 침대 스탠드 불빛에 엎드린 은미. 리국봉이 보낸 자신의 초상화를 보며 생각에 잠긴다.

중대장	(소리) 심리전 차원에서 저놈들이 계획적으로 보냈을 거야. 박은미 하사, 좀 더 적극적으로 쟤들을 유인해 봐! 끈질기게 접근하다 보면 좋은 성과를 거둘 수도 있을 테니까.
김철민	(소리) 리국봉 그 친구 얼굴도 미남이고 소갈머리가 쓸 만헌 친구랑께요.
오 하사	(소리) 인기 최곱니다. 첫날부터 쟤들 짱구하고 성철이가 박 하사한테 찰싹 달라붙었습니다.

S#22. 인민군 상황실 (밤)

은미의 얼굴을 떠올리며 상념에 잠겨있는 리국봉.

박은미 (소리) 사랑은 이념도 국경도 없다고 합니다. 인간보다
못한 저 새들도 자유롭게 창공을 날아 오갈 수 있는 자
유가 주어지는데, 어찌하여 우리는 남과 북이 갈라져 서
로를 비방하고 감시하면서 살아야만 합니까. 우리는 서
로 사랑하면 안 될까요? 우리가 서로 마음을 나누고 정
을 나누면 안 되나요?

S#23. DMZ 철책선 부근 (밤)

철조망을 사이에 두고 철민과 국봉이 속삭이듯 쑥덕거리고 있다.

김철민 리 하사, 선물 가져 왔능가?

리국봉 (산수화를 펴 보이며) 이거는 내래 심혈을 기울여 그린
작품이니까 은미 동무한테 꼭 전해주라우!

리국봉 (보자기로 싼 다른 물건을 보여주며) 이거는 북조선에서
최고로 비싼 개성 특급 인삼주야. 혼자만 훌쩍하지 말
구 은미 동무랑 나눠 마시라우. 그리고, 들쭉술 두 병은
철민 동무 꼬봉들 멕이구…. 근데, 덩치가 커서 구멍으

론 안 되구…. 작전할 테니끼니. 받으라우!

김철민   (동료 대원들에게) 작전 준비!

리국봉 대원들이 새총(Y자) 모양으로 총을 세우자, 다른 인민군이 양쪽 총구에 넓고 굵은 고무줄을 연결하여 술 주머니를 매달고 새총 쏘는 자세를 취한다. 이미 길든 것처럼 김철민 대원들은 반대쪽에 빙 둘러서서 물건을 받을 태세를 갖춘다.

리국봉   (힘차게) 공격 개시!

인민군이 새총을 쏘는 순간, 철책을 넘어 술병이 날아온다. 날렵하게 몸을 던져 술병을 안전하게 낚아채는 아군 수색대원. 술병을 받아들고 회심의 미소를 짓는 철민. 들쭉술을 대원들에게 나눠주자 싱글벙글하는 쫄병들. 인삼주를 품 안에 넣으며, 국봉에게 다시 다가서는 철민.

김철민   친구야, 고맙다!
리국봉   (은근히) 철민 동무! 박은미 에미나이 애인 있어?
김철민   은미 누님은 내가 직접 관리하는디 어떤 자식이 감히 찔
                벅거려? 나 결재 없인 누구도 손 못 댄께 걱정허들 말어!
리국봉   철민 동무만 믿을 테니까니 잘 좀 연결해보라우.
리국봉   (손짓으로 철민을 가까이 불러 귓속말로) 철민 동무! 내
                래 박은미 여성동무를 본 순간부터 잠을 잘 수가 없어!
                입맛도 뚝 떨어지고 가슴이 벌렁벌렁하기만 허니 어찌하

면 좋다?

| 김철민 | 진짜로 이 일을 어쩌면 좋다냐. 요놈의 친구 상사병 나 뿌렸네…. 국봉아, 편지를 써. 연애편지를 보내믄 우리 누님 맘이 좀 돌아설 거여. |
| 리국봉 | 맞어, 맞어…. 철민 동무는 연애질하는데 확실히 명수 구만. 히히히 |

S#24. 여군 내무반 (낮)

은미와 철민, 동료 여군 송나영 하사가 미니탁자에 둘러앉아있다. 은미와 송 하사에게 술을 따라준다. 리국봉이 준 개성 인삼주다.

김철민	히히, 우리끼리 멋들어지게 한 잔 쭈욱 해뿝시다. 자, 우리 은미 누님과 송 하사님의 멋진 인생을 위하여!
박은미	(건배하며) 이거 무슨 술이야?
김철민	이걸로 말 헐 거 같으면, 특급 개성 인삼준디요, 엄청 비싸라우.
송나영	어디서 구한 거예요?
김철민	워메, 술맛 죽여주네이. 그 친구 사기 친 건 아니구만 그랴.
박은미	그 친구라니, 누구 말이야?
김철민	뭘 그리 꼬치꼬치 캐물어쌌소…. 아, 국봉이 말여!
박은미	(정색하며) 뭐야?

김철민	워째 그요요? 아, 국봉이가 사모하는 누님 갖다 주라고 특별히 선물한 거랑께.
박은미	(술잔을 팽개치며) 아니, 이게 정말 죽을라고 환장했어?
송나영	(걱정스러운 표정으로) 김 병장님, 진짜 리국봉 하사가 보낸 거예요?
김철민	귀신도 모릉께 걱정 덜덜 말고 쭈욱 한 잔들 허시요.
박은미	야, 임마. 요거 탄로 나면⋯ (손날로 목을 가르며) 우린 끝장이야!
김철민	애인한테 술 한 병 얻어먹었다고 죽을 일 있소? 우리 셋만 (손으로 입을 잠그는 시늉) 작크 채우면 되제.
은미, 나영	(걱정스러운 표정)
김철민	(은미 눈치를 살피다가 앞가슴에서 초상화를 꺼내 건네며) 누님, 이건 특별 선물인디⋯. 뭐라더라? 야심작이라든가 대표작이라든가⋯. 야튼 마음의 선물이라고 누님헌테 꼬옥 전하라 합디다!
박은미	(다시 뻥해진다)

S#25. 인민군 초소 (낮)

강아지처럼 새끼줄에 묶여 끌려 나오는 돼지 한 마리. 돼지가 '수령님 선물!'이란 띠를 두르고 있다. 인민군 짱구가 돼지를 몰고, 철수는 손에 한 움큼 떡을 들고 있다.

짱구	어이, 남조선 동무들! 동무들은 메루치 한 마리도 못 먹쟈? (돼지 등을 두드리며) 돼지고기 먹으로 와라. 위대하신 수령님께서 돼지를 선물로 주셨다.
철수	(남쪽에서 반응이 없자) 남조선 동무들! 떡 먹으로 와라. 연백쌀로 만든 최고로 맛있는 떡을 위대하신 김정일 동지께서 선물로 주셨다.

S#26. 국군 초소 (낮)

어이가 없어 일절 대응하지 않는 아군 대원들. 배꼽을 잡고 웃는 시늉을 하자,

짱구	(또 들려오는 소리) 어이, 남조선 동무들! 동무들은 메루치 한 마리도 못 먹쟈? (돼지 등을 두드리며) 돼지고기 먹으로 와라. 위대하신 김정일 동지께서 돼지를 선물로 주셨다.
아군	야 이 똥강아지 같은 친구들아, 돼지고기 먹는 게 그렇게도 자랑이냐? 우리는 돼지고기 밥 먹듯이 실컷 먹는다. 자유대한 남쪽으로 오면 평생 죽을 때까지 고기 먹고 산다. 고생하지 말고 우리한테로 와라!

이때, 인민군 초소 초병들이 팔뚝질(욕)을 해대면서 남쪽을 향해 오줌

을 갈긴다. 아군들도 팔뚝질로 대응한다.

S#27. 인민군 초소 내무반 (낮)

리국봉이 혼자 엎드려 편지를 쓰고 있다. 그의 귓전을 스치는 애틋한
은미 목소리.

박은미   (확성기에서 들려오는 소리) 사랑은 이념도 국경도 없다
               고 합니다. 인간보다 못한 저 새들도 자유롭게 창공을
               오가는 데, 어찌하여 우리는 남과 북이 갈라져 서로를
               비방하고 감시하면서 살아야만 합니까.
               우리는 서로 사랑하면 안 될까요? 우리가 서로 마음을
               나누고 정을 나누면 안 되나요? 인민군 오빠! 우리가 서
               로 만날 수는 없지만, 가슴 속의 편지로나마 정을 나누
               면서 살면 얼마나 좋을까요….

리국봉, 쌍안경 속의 은미 얼굴을 떠올린다.

S#28. 여군 내무반 (밤)

리국봉이 보낸 산수화를 유심히 보는 은미. 작품 아랫부분 모서리에 선

명하게 쓰인 국봉의 이름 석 자. 국봉의 편지를 읽으며 생각에 잠긴다.

리국봉   (목소리) 사모하는 은미 동무! 은미 동무 목소리를 처음
듣는 순간부터 지금까지 단 한시도 동무를 잊어본 적이
없습네다. 은미 동무 초상화와 내래 손수 그린 산수화
를 보낸 것은 심리전 사업을 담당하는 군관 동무가 시
켜서가 아니라 리국봉의 이 솔직한 마음을 동무에게 전
하고 싶어서였습네다.
내 나이 서른 살 될 때까지 어느 여성동무도 쳐다본 적
이 없고, 이렇게 가슴이 설레 본 적도 없습네다. 우리
아버지는 평양 인민대학 교수(화가)였으나 내래 세 살
때 교통사고로 오마니랑 사망하는 바람에 고아원에서
자랐고, 앞으로 내 꿈은 아버지 뜻을 따라 화가가 되는
것입네다….

S#29. 인민군 초소 내무반 (밤)

리국봉이 은미의 편지를 읽고 있다.

박은미   (목소리) 국봉 씨! 나 역시 어릴 때부터 고아원에서 자랐
어요. 엄마, 아빠가 누군지, 고향이 어딘지도 몰라요. 내
이름 석 자도 누군가가 고아원에서 지어준 거래요. 고아

원 원장님 덕분에 겨우 고등학교까진 나왔지만…. 세상은 날 너무 힘들게 했어요. 인간들이 날 너무나 괴롭혔어요. (주르륵 눈물을 흘리며) 어쩔 수 없이 군대를 지원했죠. 인간들이 무섭고 원망스러워서요. 혼자 더 이상 버틸 힘이 없었어요.

국봉 씨! 우린 왜 이렇게 불행해야만 하나요. 신은 어찌하여 우릴 이렇게 미워할까요. 흐흐흑.

S#30. 심리전 방송실 (낮)

은미가 리국봉 편지를 읽고 있는데, 갑자기 들어오는 오평수 하사.

오 하사	(과자봉지를 내밀며 겸연쩍은 듯) 연애편지야?
박은미	(편지를 감추며) 아무것도 아냐. 근데 웬일이세요?
오 하사	그냥 심심해서 은미 보러 왔어.
박은미	(시큰둥하게) 오 하사님은 언제 제대하세요?
오 하사	올 연말인데 걱정되네….
박은미	뭐가요?
오 하사	장기 말뚝을 박을까, 아니면 제대해서 취직할까? 고민 중이야. 부모님들은 빨리 결혼하라고 다그치는데 마땅한 색싯감도 구할 수가 없으니….
박은미	좋은 배필 만나야죠.

오 하사	은미 씨는 애인 있어?
박은미	전 아직 멀었는데요. 뭐….
오 하사	(겸연쩍은 듯) 나하고 친구 하면… 안 될까?
박은미	(뻥해져 본다)

S#31. GP 초소 밖 (밤)

달이 밝다. 초소 옆 바위에 쭈그리고 앉아 생각에 잠겨있는 은미.

중대장	(목소리) 심리전 목적으로 저놈들이 박 하사 초상화를 계획적으로 보냈을 거야….
리국봉	(목소리) 은미 동무 목소리를 처음 듣는 순간부터 지금까지 단 한 순간도 동무를 잊어본 적이 없습네. 은미 동무 초상화를 보낸 것도 군관 동무가 시켜서가 아니라 리국봉의 이 솔직한 마음을 은미 동무에게 전하고 싶어서였습네.
오 하사	(목소리) 부모님은 빨리 결혼하라고 다그치는데 마땅한 색싯감이 없어서. 은미 씨, 나하고 친구 하면… 안 될까?

S#32. 여군 내무반 (밤)

동료 여군 송나영 하사의 대북방송 소리가 들린다. 혼자서 골똘히 생

각에 잠겨있다가, 보자기주머니에서 편지를 꺼내는 은미. 수북이 쌓이
는 리국봉의 편지. 그 가운데 하나를 펼쳐 다시 읽어본다.

리국봉   (목소리) 은미 동무! 동무 말처럼 사랑은 이념도 국경도
             없다고 생각합네다. 자나 깨나 동무를 사모하는 나의 이
             안타까운 심정을 어떻게 전할 수 있을지. 이 밤에도 잠
             을 이루지 못하고 있습네다. 내래 진심으로 은미 동무
             를 사랑합네다. 사랑합네다! 은미 동무만 만날 수 있다
             면 죽음도 각오하고 달려가겠습니다!
박은미   (마음의 소리) 국봉 씨! 당신이 나에게 초상화를 보냈을
             때, 전혀 낯설지 않은 오랜 연인같이 운명처럼 다가온 당
             신. 철조망으로 가로막힌 우리의 이 답답한 마음을 누
             가 알겠습니까. 하지만, 이 세상 어느 곳에 맘 둘 곳 없
             는 나에게 이토록 가슴 벅찬 기쁨을 준 당신이 있어 행
             복합니다. 어느 누구의 사랑도 담을 수 없을 것 같은 이
             허전한 가슴속에 숙명처럼 다가온 당신이 있어 감사할
             뿐입니다.
             눈을 감고, 눈을 뜨고 아무리 생각해 봐도 꿈결같이 운
             명의 바람을 타고 철책 넘어 다가온 당신을 차마 떨쳐버
             릴 수가 없네요….

S#33. 인민군 초소 내무반 (밤)

허공으로 담배 연기를 내뿜는 리국봉. 심각한 표정으로 은미 편지를 읽고 있다.

박은미　　(목소리) 국봉 씨 마음을 난들 어찌 모르겠어요. 저도 국봉 씨 얼굴을 보고 싶어요. 지금이라도 당장 만나고 싶어요. 하지만 현실은 우리에게 자유를 허락하지 않습니다. 그 언젠가 가로막힌 삼팔선이 허물어지면 우리가 서로 만나 마음을 나눌 수 있지 않을까요? 이 밤도 제 목소리 들으면서 위안을 삼으세요…. 안녕!

S#34. GP 내무반 (낮)

중대장 옥 대위를 비롯한 초소 전체 대원들이 집합한 가 운데, 대대 군종참모 조기원 군목(목사, 중위)이 기도하고 있다.

조 목사　　분단의 아픔을 안고 있는 우리 조국과 민족을 위해 젊은이들을 부르시어 군인이 되게 하셨으니, 이들을 항상 지켜주시고 당신께 의탁하는 장병들에게 주님의 따뜻한 사랑과 위안을 주시옵소서!
　　　　　　오늘도 조국을 지키고, 정의와 평화를 위해 헌신하는 군인들을 굽어보시어, 어려움을 이겨내는 강건한 힘과 용기를 주시옵소서!

아버지 하나님, 저희의 이 간절한 기도가 사랑의 샘물이 되어 장병들 신앙생활의 밑거름이 되게 하시고, 우리 모두가 이 땅에 빛과 소금이 되게 하시옵소서! 아멘.

S#35. 심리전 방송실 (낮)

조기원 목사 앞에서 심각한 표정으로 눈물을 흘리는 은미.

조 목사 하하하, 인민군과 순수한 사랑을 나눈다? 박 하사의 여린 심정과 따뜻한 마음은 충분히 이해가 갑니다. 하지만, 여긴 적과 아군만이 존재하는 DMZ입니다. 적을 죽이지 않으면 내가 희생을 당해야 하는 살벌한 전장이란 말이에요. 제아무리 같은 민족이고 사랑엔 국경이 없다지만 과연 이런 상황에서 인민군과 사랑을 나눌 수 있을까요?

박은미 목사님, 눈을 감으면 리 하사 얼굴이 떠오르고, 해만 뜨면 인민군 초소에서 눈을 뗄 수가 없어요. 아무래도 제가 미쳤나 봐요. 어쩌다 이런 생각을 하는 지… 대체 뭐에 홀려서 이렇게 맘이 흔들리는지 알 수가 없어요. 하늘이 제게 내려준 형벌인가 봐요…

(흐느끼며) 목사님, 어떡하면 좋아요?

조 목사   모든 걸 하나님께 맡기고 열심히 기도하세요. 주님께서 박 하사 마음속에 항상 자리 잡고 계시다는 걸 잊지 마세요! 하나님께서 박 하사를 사랑하시기 때문에 이런 시련을 주시는 거예요.

박은미   하나님이 저를 사랑하기 때문이라고요?

조 목사   (말없이 끄덕인다)

박은미   천만에요, 저를 진정 사랑하신다면 제 마음을 돌리게 해주셔야죠. 이건 아니에요! 이렇게 내버려 두면 안 되잖아요!

격정적으로 흐느끼는 은미. 그녀의 머리 위에 두 손을 펴고 간절히 기도하는 조기원 목사.

S#36. 몽타주

철책선에서 리국봉으로부터 은밀하게 편지를 건네받는 철민. 철민을 뒤따르던 오평수 하사가 방송 중인 은미에게 편지를 전해주는 광경을 목격한다. 내무반 침실에서 몰래 편지를 읽으며 괴로워하는 은미. 리국봉의 산수화를 꺼내 물끄러미 본다. 식당 한편에서 술을 마시며 은미의 편지를 읽으면서 역시 괴로워하는 리국봉.

S#37. GP 초소 식당 (낮)

은미가 따로 앉아 혼자서 점심식사 중이다. 식당 문틈으로 안을 살피다가 들어오는 오평수 하사. 은미 식기 밑에 쪽지를 놓고 지나간다. 펴보는 은미.

오 하사   (소리) 은미 씨, 지금 휴게실로 와요. 차 한 잔 살게….

얼굴을 찌푸리며 쪽지를 구겨 호주머니에 넣고 나간다.

S#38. 초소 주변 (같은 시각)

카메라로 야생화를 찍고 있는 은미. 즐거운 표정이다. 가까이서 지켜보는 오평수 하사. 몹시 기분이 나쁘다.

오 하사   (시비조로) 어이, 선배가 차 한 잔 사겠다는데 자꾸 피하는 이유가 뭐냐고?

박은미   (대꾸하지 않고 계속 사진만 찍는다)

오 하사   (카메라를 가로막으며) 내 말 안 들려?

박은미   왜 자꾸 치근덕거려요? 싫다면 말아야지. 난 개인적으로 오 하사님 만나기 싫단 말이에요!

오 하사   이유가 뭔데?

박은미	그냥 싫어요. 남들이 이상하게 볼 수도 있고.
오 하사	박 하사 정말 그럴 거야? 누구랑 연애질하는 거 모를 줄 알어?
박은미	그게 무슨 말이에요? 연애질이라니.
오 하사	인민군하고 연애질하면 어찌 되는 줄 알지?
박은미	(뺑해져 본다)
오 하사	내 말이 틀렸어?
	(빈정대며) 좋은 말 할 때 인민군 거래 끊고 나하고나 잘 해보자고!
박은미	(쏘아보다가 휙 돌아서며 속말로) 치사한 놈!

S#39. 초소 휴게실 (저녁 무렵)

대원들이 자유롭게 담소를 나눈다. 은미와 송나영 하사, 김철민 병장 셋이 한쪽에서 차를 마시며 신나게 떠들고 있다. 커피 종이컵을 들고 들어오는 오평수 하사. 넘어지는 척하며 은미에게 커피를 쏟는다. 뜨거워 기겁하는 은미. 송 하사와 철민이 은미를 돕는다. 미안하다는 기색 없이 그냥 지나치는 오평수 하사.

김철민	(오 하사를 째려보며) 이거 뭐 하는 짓이여?
오 하사	뭐가 어째… 짓이야?라고 했냐?
김철민	잘 못 했으면 사과를 해야제…. 에?

오 하사	이 짜식이 어디서 함부로 반말이야. 너 짜식 수색대 놈이 여기 뭐하러 왔어?
김철민	수색대 놈이라 그랬소? 워매 하사 계급장 높아뿌네. 여그가 당신 안방이여? 씨팔 어디서 텃세여?
오 하사	너 이 새끼! 말 다했어?
김철민	이 새끼라니. 니부터 주둥아리 조심혀!
오 하사	멀쩡한 여군 꼬셔서 인민군한테 뚜쟁이 짓거리하는 자식이 어디서 까불어?
김철민	(오 하사 멱살을 잡고 이를 갈며) 까불다가 네가 죽는 수가 있어!
오 하사	(안면을 갈기며) 이 호로새끼.

오 하사의 주먹에 끄떡하지도 않는 철민. 오히려 오 하사를 낚아채 번쩍 들어 내던지자, 사정없이 나뒹구는 오 하사. 철민이 오 하사 얼굴을 가격하려는 순간, '안 돼!' 소리치며 달려들어 가로막는 은미. 오히려 철민을 응원하는 초소 대원들. 일그러진 오 하사 얼굴을 보면서 후련하다는 표정들이다.

S#40. 초소 내무반 (같은 시각)

오 하사가 엉덩이를 까고 엎드려 있다. 허리와 엉덩이에 파스를 붙여주는 졸병. 몹시 아파하는 표정이 겸연쩍다.

S#41. DMZ 철책 (밤)

철민과 리국봉 하사가 철책선에 등을 맞대고 돌아앉아 대화를 나눈다.

리국봉   업어치기로 패댕이를 쳤단 말이지?

            잘했어, 아주 잘했어! 오 하사 그 자식 앞으로 박은미
            동무한테 절대루 접근하지 못하게 하라우!

김철민   은미 누님이 엄청 미인이라 껄떡대는 놈들이 많아 걱정
            이여….

리국봉   철민 동무가 책임지고 지키라우.

            내래 연말에 제대하믄 쥐도 새도 모르게 남조선으로 뛰
            쳐 가서 은미 동무랑 결혼할 거이니까.

김철민   꿈도 야무지네. 이….

리국봉   내래 빈말이 아니야. 목숨 걸고 남조선으로 갈 테니끼니
            철민 동무도 제대하고 기다리라우. 우리 만나서 술이나
            한잔 하자구….

김철민   (꿈 깨라는 듯) 그리만 된다믄야 얼마나 좋것냐.

리국봉   내래 은미 동무를 위해서라면 죽음도 불사할 거야. 이까
            짓 목숨 기꺼이 내놓을 수 있단 말입네!

김철민   (어이없다는 듯 국봉을 물끄러미 본다)

S#42. 여군 내무반 (밤)

국봉의 편지를 펼쳐보는 은미.

리국봉   (목소리) 은미 동무! 누군가를 간절히 기다리며 사랑한
다는 것이 이렇게도 소중하고 아름다운 줄 몰랐습네다.
은미 동무를 생각하고 그리워하면 밤을 지새워도 피곤
하지 않고, 밥을 먹어도 꿀맛이고, 밤하늘 별빛만 봐도
가슴이 뛴단 말이야요.
내래 세상에 태어나서 이처럼 깊은 사랑에 빠져본 적이
없습네다. 우리 오마니가 나한테 준 사랑을 은미 동무한
테서 간절히 간절히 느끼고 있는 것 같습네다.
우린 부모 없는 고아, 불쌍한 사람들이야요. 은미 동무
를 위해서라면 목숨 걸고 싸울 거야요. 이 생명 은미 동
무를 위해 바칠 거야요!

편지를 덮고 눈을 지그시 감는 은미.

리국봉   (소리) "은미 동무를 위해서라면 목숨 걸고 싸울 거야
요. 이 생명 은미 동무를 위해 바칠 거야요!"

코러스 되는 국봉의 목소리.

| 오 하사 | (소리) "박은미, 인민군하고 연애질하면 어찌 되는 줄 알 |
| | 지? 존말 할 때 인민군 거래 끊고 나하고나 잘해보자고!" |

오평수 하사의 환청에 괴로워하는 은미.

S#43. 비무장지대 (밤)

괴물처럼 검게 드리워진 철책선. 적막을 깨는 피아 간의 심리전 방송 확성기 소리.

S#44. 초소 뒤편 언덕 (낮)

침울한 표정으로 사색에 잠겨 언덕으로 오르는 은미. 반대편에서 내려오는 오 하사와 우연히 마주친다. '은미 씨 나랑 얘기 좀 해요.' 하고 말을 건네지만, 대꾸하지 않은 채 무심코 지나치는 은미. 그녀의 팔을 낚아채며 키스할 자세로 끌어당기자, 사정없이 뺨을 갈긴다. 뻥해진 오하사. 째려보며 급히 달려 내려오는 은미.

S#45. 여군 내무반 (같은 시각)

울분을 참지 못하고 벌컥벌컥 물을 마신다. 생각에 잠긴 채 괴로워하는 은미.

| 오 하사 | (환청) "박은미, 인민군하고 연애질하면 어찌 되는 줄 알지? 존말 할 때 인민군 거래 끊고 나하고나 잘해보자고!" |
| 리국봉 | (환청) "은미 동무를 위해서라면 목숨 걸고 싸울 거에요. 이 생명 은미 동무를 위해 바칠 거란 말이야요!" |

S#46. 심리전 방송실 (밤)

은미가 대북방송 원고를 읽고, 동료 여군 송나영 하사가 옆에 앉아있다. 문밖에서 방송실 동태를 살피는 오평수 하사. 잽싸게 어디론가 사라진다.

S#47. 여군 내무반 (같은 시각)

도둑처럼 몰래 들어오는 오평수 하사. 은미 침대의 관물을 뒤진다. 책갈피 안에서 리국봉 편지를 발견하고는, 펼쳐보다가 호주머니에 감추고는 급히 문밖으로 나간다.

S#48. 심리전 방송실 (밤)

은미와 송 하사가 심각하게 얘기를 나눈다.

박은미   (머리를 감싸고 괴로워하며) 나영아, 나 어쩌면 좋아?

송나영   맘 돌려. 처음부터 내가 반대했잖아. 누울 자리를 보고
           발을 뻗어야지.

박은미   얼굴은 못 봤지만, 그 사람 인간성은 좋은 거 같아.

송나영   지금 인간성이 문제야? 현실은 냉정한 거야.

박은미   체제가 다르다고 사랑도 나누지 말란 법이 있어?

송나영   그야 물론 자유겠지만, 넌 중대한 임무를 맡은 심리전
           요원이잖아. 네 입장과 처지를 망각하면 안 되지.

박은미   그걸 왜 몰라. 알면서도 맘이 자꾸 끌리는 걸 어떡해.

송나영   사랑은 위대한 예술이라고 하지만, 리 하사와의 사랑은
           예술이 아니라 삼류소설이야. 아무도 인정해주지 않는
           너만의 허황된 꿈이라고.

박은미   날 이해해 줄줄 알았는데, 나영이 너까지도 날….

송나영   날 원망해도 어쩔 수 없어. 어쨌든 난 반대야.

박은미   나영아! 흐흐흑

송나영   네 인생을 생각해. 리 하사 아니래도 이 세상에 남자는
           얼마든지 있어. 어쩌자고 리 하사한테만 목숨 걸겠다는
           거야?

박은미   넌 고아가 아니라서 이해 못 할 거야. 리 하사와 난 아무

도 의지할 데 없는 고아야. 어느 누구도 우리를 아끼고 감싸주고 사랑해 주지 않는단 말이야!

송나영　(미운 듯 퉁명스럽게) 어쨌든 난 몰라. 네 인생 네가 알아서 해!

S#49. 남측 비무장지대 (밤)

칠흑 같은 밤, 폭우가 쏟아진다. 우의 차림으로 김철민의 손을 잡고 움직이는 은미. 극도로 긴장된 표정. 좌우를 살피며 한 발짝씩 조심스레 이동한다. 돌부리에 걸려 넘어지고, 구르면서. 더욱 세차게 퍼붓는 빗줄기.

S#50. 철책선 (같은 시각)

폭우로 앞을 분간할 수 없다. 괴물처럼 드리워진 DMZ 철조망. 가까이 모습을 드러내는 은미와 철민. 철민, 시계를 보며 철조망 건너편 북측을 예의 살핀다. 풀잎을 꺾는 철민. 입에 대고 노련하게 새소리를 흉내낸다. 잠시 후 반대쪽에서 같은 새소리가 들린다. 철책을 따라 4~5미터 측방으로 이동하더니,

김철민　(숨을 죽이고) 국봉 친구!
리국봉　(은밀하게) 철민 동무!

김철민	자네가 사모하던 애인 왔어! 은미 누님.
리국봉	철민 동무, 고맙구만!
김철민	오늘같이 비 오는 날은 철책에 고압 전기 안 들어오니께
	보고 싶은 사람끼리 손목이나 한번 잡아보소!

철민, 은미에게 가까이 오라고 손짓한다. 망설이다가 국봉에게로 다가 가는 은미. 미묘한 눈웃음을 흘리며 뒤쪽으로 자리를 피하는 철민. 쏟 아지는 빗줄기. 철조망을 사이에 두고 은미와 국봉이 한참 동안 서로 를 응시한다. 주르르 눈물을 흘리는 은미. 국봉도 눈물을 글썽인다. 철 망 사이로 와락 손을 움켜잡는 두 사람.

리국봉	은미 동무!
박은미	국봉 씨!
리국봉	진심으로 보고 싶었습네다!
박은미	(애처롭게 본다)
리국봉	은미 동무를 생각하면 가슴이 떨리고 잠을 잘 수가 없
	습네다. 눈만 뜨면 보고 싶구, 시간만 나면 은미 동무
	얼굴을 보고 싶습네다.
박은미	국봉 씨!
리국봉	(은미 손을 비비며) 내래 아버지, 오마니 없는 고아야요.
	은미 동무도 고아원에서 자랐다고 했디요? 우린 불쌍한
	사람들이야요. 우리 옆에 아무도 없는 불쌍한 고아들이
	란 말입네다.

　　　　　　　　　　　　　　　　　　굿바이 DMZ

박은미	흐흐흑
리국봉	북과 남이 갈라져 쌍방이 으르렁대지만 우린 상관없습네다. 내래 은미 동무만 옆에 있으면 된단 말입네다…. 우리 서로 의지해서 살자구요!
박은미	안 돼요! 우리 맘대로 결정할 문제가 아니에요. 이렇게 철조망이 가로막혀 있는데 어떻게 만난단 말이에요?
리국봉	아니야요, 내래 여섯 달만 있으면 제대하니까 죽는 한이 있어도 북조선을 탈출해서 은미 동무를 찾아가 결혼할 거야요!
박은미	국봉 씨 인생이 더 소중하지…. 어찌 나한테 목숨을 건단 말이에요. 아예 그런 생각 마세요!
리국봉	절대 아니야요. 은미 동무를 위해서라면 목숨 같은 거 상관없습네다. 목숨 걸고 은미 동무 꼭 찾아갈 거야요!

국봉, 앞가슴에서 천으로 만든 주머니를 꺼낸다. 쌍가락지 옥 반지다. 그 반지를 은미의 손가락에 억지로 끼워주며,

리국봉	우리 오마니가 유산으로 남긴 옥 반지야요. 나중에 며느리한테 물려주라면서. 내래 은미 동무에게 남은 인생을 다 바치고 싶습네다. 허락해 주시라요!

은미, 대답 없이 머리를 저으며 눈물을 쏟는다. 옥 반지를 유심히 보다가 빼서 돌려주려 하자, 은미의 손을 붙들고 애원하는,

리국봉	(울부짖으며) 은미 동무! 제발 허락해 주시라요. 우리 오
	마니 유언이야요. 리국봉이를 받아주시라요.
	제발 은미 동무와 살게 해주시라요!

요란한 천둥 번개 불빛에 포효하는 철책선. 은미와 국봉이 철조망 사이로 으스러지도록 손을 꼬옥 잡고, 이성을 잃은 채 마치 짐승처럼 목놓아 통곡하다가, 다시 국봉의 얼굴을 뚫어지게 보는 은미. 뭔가 결심을 한 듯, 옆구리에서 대검을 꺼내 자신의 긴 머리를 싹둑 잘라 국봉에게 내민다. 은미의 돌발적인 행동에 기가 질린 국봉, 뻥하니 바라보다가 엉겁결에 머리 뭉치를 건네받는다. 머리 뭉치를 자신의 얼굴에 비비며 다시 통곡하는 국봉. 가까운 거리에서 안타깝게 바라보는 철민. 포효하는 천둥 번개. 더욱 거세게 쏟아지는 폭우.

S#51. 남측 비무장지대 (밤)

은미 손을 잡고 되돌아오는 철민. 반대편 철조망에 장승처럼 그대로 서 있는 국봉의 실루엣. 뒤돌아보며 연신 눈물을 쏟는 은미.

S#52. 북측 비무장지대 (밤)

천둥 번개 불빛에 반사되는 이상한 물체 하나. 남쪽을 향해 뛴다. 그 순간, 요란한 총성. 북측 인민군 초소에서 불을 뿜기 시작한다.

S#53. 국군 GP 초소 (밤)

즉각 대응사격을 가하는 아군 초소. 쌍방 간의 치열한 총격전. 사격을 중지하라고 경고방송을 하는 송 하사. 산야를 울리는 확성기 소리. 조명탄을 쏘아 올린다.

S#54. 북측 비무장지대 (밤)

빗발치는 총탄 실루엣. 조명탄이 터지자 대낮처럼 밝아진다. 연신 퍼지는 기관총 불꽃. 산노루 한 마리가 하늘로 치솟다가 이내 거꾸러진다. 남쪽 GP에서 들려오는 사격중지 강한 경고방송. 잠시 총격전이 멎는 순간, 북쪽 비무장지대에서 다시 치솟는 불꽃과 강한 폭발음. 인민군 복장의 한 병사가 하늘로 치솟다가 한쪽 다리가 잘린 채 나동그라진다. 모진 비명. 리국봉이다.

S#55. 국군 GP 초소 부근 (밤)

북쪽 비무장지대를 주시하는 은미. 걱정스러운 표정이다. 김철민이 재촉하자 급히 발길을 옮긴다.

S#56. 국군 GP 초소 (밤)

중대장 옥 대위가 성난 얼굴로 고함을 지른다.

중대장   박은미 하사 어디 갔냔 말이야.

소대장   대원들을 풀어 계속 찾고 있습니다.

중대장   (방송요원 송 하사에게) 저녁 먹을 땐 있었다면서…. 그
            사이에 사라졌단 말이야?

송 하사   배가 아프다면서 화장실에 다녀온다고 했는데….

중대장   빨리 화장실부터 수색해 봐!

오 하사   (뭔가 낌새가 이상한 표정으로) 제가 이미 수색했습니
            다. 어디 멀리 가지는 않았을 겁니다. 개인 사정이 있겠
            지요. 뭐.

소대장   오 하사는 알고 있단 말이야?

오 하사   (퉁명스럽게) 언젠가는 나타나겠죠. 뭐….

이때, 비에 흠뻑 젖은 채 들고양이처럼 웅크리며 들어오는 은미. 어이
없다는 듯 뻥하니 보는 대원들.

중대장   (버럭) 비상 상황에 어딜 쏘다니는 거야?

박은미   (머리를 숙인 채 말이 없다.)

중대장   어디 있었냐고 묻잖아!

박은미   (난처한 듯) 배가 아파서.

중대장	그런데 이 꼴이 뭐야? 사실대로 보고 안 할 거야?
박은미	(고개 숙이며) 죄송합니다.
중대장	(은미의 '헌병' 완장을 낚아채 잡아 뜯으며) 이따위로 근무할 거 같으면 여기 있을 필요 없어! 당장 원대복귀 해!
박은미	(무릎을 꿇으며) 중대장님, 잘못했습니다. 용서해 주십시오!

S#57. 인민군 야전병원 (밤)

요란한 사이렌 소리. 비상 라이트를 켜고 급히 들이닥치는 구급차. 구급용 들것에 실려 나오는 피투성이의 리국봉. 응급실로 이동한다.

S#58. 여군 내무반 (밤)

침상에 쭈그리고 앉아 흐느끼는 은미. 송나영 하사가 옆에서 달래지만, 감정에 북받쳐 더 격정적으로 운다.

송나영	울지만 말고 정신 차리고 맘을 정리해.
박은미	나영아, 난 어떡하면 좋아?
송나영	이렇게 고민한다고 해결될 문제가 아니잖아. 아무리 생각해도 리국봉 하사와 결혼하는 것은⋯.

박은미	(허탈한 표정으로 물끄러미 손가락 옥 반지를 본다)
송나영	(은미 눈치를 살피며) 사랑이 뭔지 원. 그래도 결혼까지는.
박은미	(버럭) 아니야, 못할 게 뭐 있어?
송나영	(뻥해져) 뭐라고?

S#59. 조기원 목사 사무실 (낮)

대대 군종참모 조기원 군목(중위)이 은미와 얘기를 나눈다. 심각한 표정의 조 목사. 안절부절 어쩔 줄 모르는 은미.

조 목사	두 사람의 순수한 감정은 이해하겠는데, 현실적으로는 어려운 문제잖아요. 아무리 반지를 교환하고 언약을 했다 해도 상대가 인민군이고, 또 저쪽 상부에서 허락해 줄 거 같아요?
박은미	올 연말에 제대하면 저를 찾아온다고 했습니다.
조 목사	그걸 어떻게 믿어요. 리 하사 맘대로 올 수 있나요? 남과 북이 가로막혀 있는데 무슨 수로 온단 말입니까?
박은미	저희가 그렇게 언약을 했습니다.
조 목사	(은미 맘을 달래듯) 하나님이 인간에게 주신 가장 소중한 선물이 '자유의지'입니다. 비록 이념과 체제는 다르지만, 남녀 간에 사랑을 나누는 것도 분명 하나님께서 주신 소중한 '자유'임에는 틀림없습니다. 희생이 없는 사랑

이란 없겠지요. 사랑을 위해서라면 자신을 버려야 한다 고들 말하지요. 하지만 박 하사, 자신에게 주어진 '자유' 보다는 '의무'가 앞서는 경우가 있어요. 박 하사는 대한 민국 국군으로서 의무를 먼저 생각해야 합니다. 나라가 정한 법과 군인에게 주어진 명령과 분단 조국이 부여한 소명을 솔선해서 지킬 의무가 있단 말이오!

박은미   하나님이 인간에게 '자유의지'를 주셨다면 제 사랑을 도 와주셔야죠. 왜 이렇게 고통을 주는 겁니까? 하나님이 너무 무심하고 원망스러워요!

조 목사   박 하사 맘을 몰라서가 아니에요.

박은미   (흐느끼며) 목사님, 이 일을 어떡하면 좋을까요?

조 목사   지금 당장 결혼문제가 중요한 게 아녜요. 보안유지가 안 되면 박 하사는 처벌을 면치 못해요!

박은미   목사님, 제발 도와주세요! 리 하사와 만나 결혼할 수 있 게 도와주세요!

조 목사   (침통한 표정으로 기도하며) 아버지 하나님! 이 불쌍한 종을 버리지 말아 주시옵소서!

S#60. 중대장실 (낮)

중대장 옥 대위가 창밖을 내다보고 있다. 몹시 화난 얼굴이다. 그 뒤에 무릎을 꿇고 엎드려 있는 은미.

중대장	인민군하고 연애한다? 그것도 심리전부대 하사가? 인민군을 꼬드겨 귀순을 유도해야 할 장본인이 오히려 인민군에게 말려들어 사랑에 빠져? 도대체 이게 말이 되냐고!
박은미	중대장님, 그게 아닙니다.
중대장	아니라면, 뭣 때문에 몰래 철책선에서 만나? 왜, 왜, 뭣 때문에 그런 위험한 짓을 하느냐고.
박은미	(뭔가 결심한 듯, 손가락 옥 반지를 보여주며) 중대장님, 리국봉 하사와 저는 결혼할 사이입니다.
중대장	(더욱 황당하여) 뭐가 어째? 결혼반지까지? 더 이상 말할 필요 없어!
박은미	중대장님, 진심으로 리 하사를 사랑합니다. 그를 위해서라면 제 모든 것을 희생할 수 있어요. 중대장님, 한 번만 눈감아 주십시오. 앞으로 철책선에서는 절대로 만나지 않겠습니다.
중대장	이미 일 저질러 놓고 뭘 어쩌자는 거야. 이게 그냥 적당히 끝낼 일이야? 이건 군법회의감이야! (안절부절못하다가) 인과응보야. 어차피 박 하사가 저지른 일이니까 알아서 해! 난 더이상 관여 안 할 테니까.
박은미	흐흐흑

S#61. 보안부대 사무실 (낮)

보안부대 직원과 마주 앉은 오평수 하사. 안쪽 호주머니에서 리국봉의 편지와 리국봉이 그린 은미 초상화 복사본을 꺼내 보여준다. 고자질하는 것처럼 뭐라 쑥덕거린다.

S#62. 국방부 심리전부대 상황실 (낮)

실무 담당 장교들에게 호통을 치는 장군.

장군   너희들 대체 뭐 하는 놈들이야? 여태까지 이런 사실조차도 몰랐단 말이야? 최소한 보안부대에서 통보 오기 전까지는 우리가 알고 있어야 할 거 아니야. 관할부대 중대장도 보고가 없었나?

장교   일절 없었습니다.

장군   일단 현지에 나가서 구체적으로 진상을 파악하고, 박은미 하사는 즉각 철수시켜 대기 발령하고, 징계위원회에 회부해!

장교   즉시 조치하겠습니다!

S#63. 몽타주

교회 십자가 앞에서 조기원 목사에게 매달려 구원을 호소하는 은미. 몹시 괴로운 표정으로 심리전 방송실에서 울고 있는 은미. 인민군 야전병원에서 사경을 헤매고 있는 리국봉. 상부로부터 심각하게 전화를 받는 중대장 옥 대위. 보안부대에서 고자질하듯 뭔가를 설명하는 오평수 하사. 중대장에게 매달려 애원하는 은미. 은미를 징계하라며 호통치는 심리전부대 장군의 일그러진 표정에서—

S#64. 판문점 군사정전위원회 (낮)

남·북 군사정전 실무자회담이 열리고 있다. 서로 삿대질을 하며 항의하는

북측   남조선 에미나이가 먼저 꼬리를 치니까니 이런 사태가 벌어진 거이 아닙네까.

남측   처음에 초상화를 그려 남쪽으로 날려 보낸 자가 누군데?

북측   리국봉 하사, 그 동무는 심리작전 차원에서 한 것이지 박은미 여성동무가 좋아서 한 거이 아니란 말입네다.

남측   (꼬리연과 리국봉 편지를 내보이며) 이 꼬리연을 누가 보낸 줄 아시오? 인민군 리국봉 하사가 밤에 우리 GP로 날려 보낸 거란 말이오. 그리고 이 편지를 읽어보면 알 게 아니요. 리 하사가 박은미를 진심으로 좋아하는지 안 하는지를. 아니면, 당사자들을 불러서 직접 물어보면 알 게 아니요.

북측   그렇다면 동무들은 이 두 사람을 계속 만나게 해주자는 말입네까?

남측   본인들이 원한다면 인도주의 차원에서 허락해 줘야죠.

북측	(버럭) 박은미 에미나이는 민족의 반역자란 말입네다.
	근무 잘하는 멀쩡한 인민군 동무를 꼬드겨 연애질 허구, 리국봉 동무를 반신불수 병신으로 만든 화냥년이란 말입네다.
	(망설이다가) 어디까지나 이 사건은 전적으로 남조선에게 책임이 있으니, 앞으로 두 번 다시 이런 일이 없도록 공개 사과하고 관련자를 즉각 처벌하기 바랍네다.
남측	당신들이 먼저 공개 사과하고, 재발 방지를 약속하시오!
북측	연애질 한 에미나이나 당신네들이나 한통속이구먼. 버러지들.
남측	(버럭) 말조심하시오!

S#65. 청와대 (현재, 낮)

국가안보 실무대책회의가 열리고 있다. 국방부 관계자가 30년 전 은미의 군대 생활 행적을 보고 하고 나자,

위원 1	(국방부 관계자에게) 그 이후 박은미 하사 신병은 어떻게 처리됐나요?
국방부	국가보안법과 간첩죄, 군무이탈 특수직무유기죄로 25년형을 선고받고 복역하다가 특별 사면으로 조기 출소했습니다.

위원 2	북한 인민군 하사는?
국방부	지뢰 폭발로 왼쪽 다리가 절단되고 오른쪽 눈을 다쳐 시력을 잃었다고 합니다. 그 후 공훈 화가로 발탁되어 평양 인민문화궁전에 게시할 금강산 만물상 산수화를 그리고 있다고 합니다.
위원 3	그렇다면 박은미 하사가 불명예제대 된 겁니까?
국방부	그렇습니다. 군인이 범죄혐의로 기소되면 사단 보통군사법원에서 1심 재판을 받는데, 형량이 1년 6개월 이상이면 육군교도소로 이감되어 2심 재판을 받고, 자동으로 전역이 됨과 동시에 민간 교도소로 이감됩니다.
위원 1	박 하사가 기소된 시점이 언제쯤인가요?

S#66. GP 초소 입구 (낮)

(자막) 1979년 3월—

사단 헌병 찝 한 대가 비상 라이트를 켜고 들이닥친다. 헌병 중대장이 내리며 2명의 헌병에게 뭔가 지시한다.

S#67. 여군 내무반 (낮)

헌병 일행이 들이닥쳐 다짜고짜 은미의 관물대를 압수 수색한다. 사색이 된 채 어쩔 줄 모르는 송나영 하사. 이때, 들어오는 은미.

헌병 중대장	박은미 하사?
박은미	(멈칫하며) 예, 에.
헌병 중대장	(체포영장을 보여주며) 박은미 하사를 간첩죄로 체포한다.
박은미	(어이가 없다는 듯) 내가 간첩이라고요? 난 간첩질한 적 없어요. 난 아무 죄도 없다고요!
	(발악하듯) 아니야, 아니야. 내가 뭘 잘못 했다고….

헌병 중대장이 턱짓하자 헌병 2명이 은미를 양쪽에 서 붙잡고, 다른 한 명이 은미에게 수갑을 채운다. 애원하듯 울면서 헌병에게 매달리는 송나영 하사. 격렬하게 발버둥 치는 은미.

S#68. GP 초소 근처 (낮)

체념한 듯 순순히 헌병에게 끌려가는 은미. 그 길목에 중대장 옥 대위가 침통한 표정으로 서 있다.

박은미	(눈물을 쏟으며) 중대장님, 죄송합니다. 죄송합니다.
옥 대위	(말없이 애처롭게 본다)

그들 뒤쪽에서 이 광경을 지켜보는 오평수 하사. 기분 좋은 표정으로 비열하게 웃는다.

S#69. 헌병대 영창 (밤)

앉은 채 생각에 잠겨있는 은미.

리국봉   (목소리) 은미 동무!

어떤 일이 있어도 절망하지 말아요. 내래 목숨 걸고 은
미 동무를 찾아갈 거야요. 이 세상 어느 누가 우리를 갈
라놓는다 해도, 내 생명이 두 쪽 난다 해도 은미 동무
를 구해낼 거야요.

우리 오마니 유언이야요. 남조선에 가서 예쁜 색씨 만
나 결혼하라구요. 난 평생 그림을 그리고 싶습네다. 우
리 아버지가 물려준 재능으로 유명한 화가가 되고 싶습
네다. 은미 동무와 생을 같이 한다면 그 꿈을 이룰 수
있을 거야요. 나의 사랑을 받아 주시라 요. 나와 결혼해
주시라요!

S#70. 인민군 야전병원 (밤)

마취상태에서 깨어나는 리국봉. 병원 천장이 빙글빙글 돈다. 차츰 의
식을 차리고 주위를 둘러보다가, 온통 붕대로 감긴 자신의 몸통을 살
핀다. 왼쪽 다리가 없어진 걸 확인하고서 실성한 듯 허우적거리며 대성
통곡한다.

리국봉	내 다리, 내 다리 어데 갔어? 내 다리 내놔! 내 다리 찾아달란 말이야! 오마니. 내 다리···. 오마니!

S#71. 보안부대 조사실 (낮)

은미에게 버럭 고함을 지르는 조사관.

조사관	누가 먼저 만나자고 한 거야?
박은미	(망설이다가 결심한 듯) 제가요!
조사관	(어이없다는 듯) 뭐야? 사실대로 말해. 누가 먼저 꼬드겼냐는 말이야.
박은미	꼬드기다뇨. 우린 순수한 사랑을 나눈 거란 말이에요. 사랑을 나눈 게 잘못인가요?
조사관	이게 인생을 망치려고 환장했구먼. 사랑이고 지랄이고 헛소리하지 말고, 그놈한테 갖다 준 기밀서류가 뭔지 자백해!
박은미	(기가 막힌 듯) 기밀 서류라구요? 증거 있어요? 뭘 자백해요? 내가 간첩이란 말이에요?
조사관	명백한 간첩이지. 상부 지시를 어기고 인민군을 접선한 자가 간첩 아니고 뭐야!
박은미	군인이기 이전에 우린 남녀로서 사랑을 나누기 위해 순수하게 만난 것뿐이란 말이에요!

조사관	무슨 놈의 말라빠진 사랑 타령이야. 대한민국 하사 가, 그것도 대북심리전 요원이 인민군 그놈 꾐에 빠져 조국을 배신하고, 군법을 어기고, 자신의 직분을 망각하고 그따위 행동을 한단 말이야?
박은미	내가 조국을 배신했다고요? 내가 인민군 꾐에 빠졌다고요? 천만에, 난 정신이 멀쩡해요. 절대 이성을 잃지 않았다고요. 같은 민족끼리, 같은 동포끼리, 아무도 감싸주지 않는 불쌍한 고아끼리 서로 마음을 나누고 결혼을 언약한 것뿐이라고요!
조사관	아예, 맛이 갔군. 이실직고 안 하면 영원히 인생을 망칠 수 있어!
박은미	맘대로 하세요. 죽이든지 살리든지….

S#72. 고등군사법원 법정 (낮)

박은미 하사에 대한 2심 재판이 열리고 있다. 법정 정면에 재판관 2명과 심판관 1명이, 옆쪽에 검찰관이, 반대편에 변호인과 박은미가 앉아 있다. 많은 참관인. 방청석 맨 앞자리에 증인으로 채택된 조기원 목사가, 그 뒤편에 중대장 옥 대위의 얼굴이 보인다.

재판장	검찰관은 무슨 이유로 피고인에 대하여 형사재판을 청구했습니까?

검찰관	예, 피고인은 국방부 소속 대북심리전 요원으로서 전방 ○○사단 GP에서 근무하던 중 인민군 정찰대 리국봉 하사와 수차례 편지, 사진, 그림 등을 교환하고, DMZ 중앙분계선 철책에서 인민군 리국봉 하사와 접선하여 군사기밀을 누설하고 결혼까지 약속하였으며, 복무규정을 어기고 근무지를 이탈하였으므로 피고인을 국가보안법과 군형법을 적용하여 기소하였습니다.
재판장	피고인 박은미 하사, 공소사실과 같이 인민군 리국 봉 하사를 접선하고, 편지 등을 주고받은 사실이 있습니까?
박은미	예, 공소사실을 일부 인정합니다. 하지만 군사기밀을 누설하거나 군사보안에 저촉되는 행동은 하지 않았습니다.
검찰관	인민군 리국봉 하사에게 본인이 심리전 요원이며, 초소에 몇 명이 근무하고 있다는 사실까지 얘기했다고 진술했잖아요.
박은미	방송 여군, 단둘이 근무한다고만 얘기했습니다.
검찰관	리국봉 하사가 건네준 옥 반지를 본인이 끼고 있었고, 리 하사가 보낸 개성 인삼주까지 나눠 먹은 사실도 있지요?
박은미	그러긴 했지만, 그것도 죄가 됩니까?
검찰관	군인 신분으로 적군이 준 물건을 취하고, 적군이 건네준 음식물을 먹어도 된단 말입니까?
박은미	리국봉 하사는 적군이 아니라 저와 결혼을 약속한 사람입니다.
검찰관	결혼은 개인 당사자 문제예요. 자유민주국가 기본 질서

를 위태롭게 한다는 점을 알면서도 반국가 단체 구성원, 우리의 적군인 인민군과 회합, 통신, 그 밖의 다른 방법으로 연락을 취하였고, 근무지를 이탈하여 여군 방송요원이 출입할 수 없는 DMZ 중앙분계선까지 밤에 몰래 들어가서 인민군을 접촉한 사실은 엄연히 국가보안법상 이적행위와 형법상 간첩죄에 해당되고, 군인으로서 지켜야 할 근무규정을 어겼으므로 군형법으로 처벌해야 마땅하다고 봅니다.

박은미 (훌쩍이며 말이 없다)

재판장 우선 피고인은 공소사실을 대부분 인정하므로 증거 조사를 하겠습니다. 검찰관은 피고인에 대한 증거를 제출하세요.

검찰관 (두꺼운 서류뭉치를 들어 재판장에게 보이며) 피고인이 수사기관에서 조사받은 서류와 피고인이 인민군 리국봉 하사와 상호 교환한 편지, 그리고 리 하사가 박은미 하사에게 준 초상화, 산수화, 옥 반지를 증거물로 제출합니다.

재판장 피고인과 변호인은 검찰관이 제출한 증거를 모두 인정합니까?

변호인 예, 검찰관이 제출한 증거를 모두 인정합니다.

재판장 피고인 측도 신청할 증거가 있습니까?

변호인 예, 피고인이 평소 성실하게 군 복무를 하였고, 리국봉 하사와 만난 것은 다른 의도가 있어서가 아니라 청춘

남녀의 순수한 사랑 때문이었다는 사실을 입증하기 위하여 피고인이 근무했던 부대의 군종 장교 조기원 목사를 증인으로 신청합니다.

재판장 　　(배석판사, 심판관과 번갈아가며 귓속말로 협의한 후) 변호인이 신청한 증인을 채택합니다. 증인 조기원 씨 앞으로 나와 주세요.

S#73. 북한 정치보위부 조사실 (낮)

피투성이로 변하여 쓰러져 있는 리국봉. 일으켜 의자에 앉히고 물을 끼얹는다. 깨어나지만 이내 다시 쓰러진다. 조사관이 신경질적으로 턱 짓하자, 두 명의 다른 조사관이 발로 짓밟다가 의자에 억지로 앉힌다. 겨우 의식을 차리는 리국봉.

조사관 　　조국과 인민의 배신자 리국봉, 야, 이 개새끼야! 남조선 괴뢰군 박은미 에미나이와 정을 통하고 연애질을 해? 남조선 괴뢰 파쇼광들 술수에 말려들어 위대한 인민군 명예를 더럽히다니. 너 같은 놈은 백 번, 천 번이라도 총살감이야!

S#74. 고등군사법원 법정 (낮)

조기원 목사가 증인석에 나와 증인신문을 받고 있다.

재판장   검찰관 증인신문이 끝났으니 지금부터 변호인, 증인 심
          문하세요.

변호인   증인은 피고인이 근무했던 부대의 군종장교 목사였나요?

조 목사   예

변호인   증인은 피고인을 어떻게 알게 되었나요?

조 목사   피고인이 근무하는 GP 초소에 매주 순회예배를 드리러
          가는데, 예배 후 개인신상 문제로 박은미 하사와 몇 차
          례 상담을 한 적이 있습니다.

변호인   증인은 박은미 하사가 인민군 리국봉 하사와 교제한다
          는 사실을 언제부터 알고 있었나요?

조 목사   박 하사가 전입해 온 지 두 달 후쯤 면담할 때 알게 되
          었습니다.

변호인   증인은 박 하사의 행동이 현행법에 저촉된다는 사실을
          몰랐나요?

조 목사   알고 있었지만, 개인의 사생활 문제이고, 저는 사목 활
          동을 하는 목사로서 피고인의 인권을 보호해줄 의무가
          있기 때문에 지휘계통으로 보고하지 않았던 것입니다.

검찰관   증인이 비록 종교인이지만, 엄연히 군인 신분이고 더군
          다나 장병들의 인성지도를 책임지고 있는 입장에서, 중

	차대한 위법 사실을 눈감아 준다는 게 될 말입니까?
재판장	지금은 변호인 증인신문 차렙니다. 검찰관은 발언을 삼가세요.
검찰관	예, 알겠습니다.
변호인	증인에게 묻습니다. 군인의 정신적 덕목과 가치관 교육을 책임지고 있는 사목으로서 피고인의 행동에 대해서 어떻게 생각합니까?
조 목사	하나님께서 인간에게 부여한 최고의 선물은 '자유의지'라고 생각합니다. 자유민주국가에서 인간은 누구나 자유롭게 사랑을 할 권리가 있습니다.
	비록 이념과 체제는 다르지만 남과 북의 두 젊은이가 서로 순수한 사랑을 나눈다면 이를 법적으로 나 윤리적으로 통제해서는 안 된다고 믿습니다.
	박은미 하사가 군사기밀을 유출했거나 간첩 행위를 하지 않았다면, 단지 남과 북 두 남녀가 서로 사랑을 나눴다는 사실만으로 처벌해서는 안 된다고 생각합니다.

이때, 갑자기 방청객들이 일제히 박수를 보낸다.

재판장	조용히 하세요! 지금 재판 중입니다. 법정 소란을 피우면 퇴정시킵니다. 변호인, 증인신문 다 했나요?
변호인	예
재판장	이상으로 증인신문을 마칩니다. 다음은 피고인에 대해

굿바이 DMZ

심문하도록 하겠습니다. 피고인은 증인석으로 옮겨 앉으세요.

S#75. 국방부 기자실 (낮)

기자실 브리핑룸에 내·외신 기자들이 몰려 웅성거리고 있다. 그들의 동태를 살피는 대변인실 관계자들.

기자1   아직 재판 결과 안 나왔나요?

공보관   재판이 좀 길어지는 거 같습니다.

기자2   뭐, 골치 아픈 문제라도 있습니까?

공보관   재판이 종료되는 대로 알려드리겠습니다.

S#76. 고등군사법원 법정 (낮)

상기된 표정으로 증인석에 앉아있는 박은미 하사.

재판장   변호인 신문에 이어 검찰관 신문을 계속 진행하겠습니다. 검찰관 신문하세요.

검찰관   피고인은 사진작가가 되는 게 꿈이라고 했지요?

박은미	예
검찰관	아사이펜탁스 일제 카메라를 보유하고 있었지요?
박은미	예
검찰관	GP 초소 확성기와 초소 상황실 내부를 찍은 사진을 인민군 리국봉 하사에게 보냈지요?
박은미	군사시설을 찍은 것이 아닙니다. 제가 방송하는 모습을 기념으로 찍다 보니 내부 시설이 희미하게 보였을 뿐입니다. 군사기밀에 저촉되는 사진은 전혀 없습니다.
검찰관	(버럭 화를 내며) 어쨌든 그 사진을 인민군에게 전달했잖아!
재판장	(검찰관을 보며) 검찰관은 법정에서 품위를 지켜주세요.
검찰관	죄송합니다.
재판장	계속하세요.
검찰관	피고인은 수색대 김철민 병장, 동료 방송 여군 송나영 하사와 함께 인민군 리국봉이 보낸 개성 인삼주를 여군 내무반에서 나눠 마신 적이 있지요?
박은미	예
검찰관	대한민국 군인이, 그것도 대북심리전을 담당하는 특수 요원이 독약이 들어있을지도 모르는데. 적군이 보낸 술을 함부로 마셔도 되는 겁니까?
박은미	(고개를 떨구며) 죄송합니다.
검찰관	이상입니다.
재판장	(심판관과 상의하며 머리를 끄덕이다가) 증거 조사와 피

굿바이 DMZ

고인에 대한 신문을 모두 마쳤습니다. 검찰관과 변호인은 각자 최종 의견을 말씀하세요.

검찰관 (일어서서) 피고인 박은미 하사에 대하여 최종 의견을 말하겠습니다. 피고인은 대남공작 차원에서 계획적으로 접근한 인민군 하사의 꾐에 빠져 인간적인 사랑을 나눈다는 구실로 군사기밀을 제공하고, DMZ 군사분계선에서 직접 접촉하여 물건을 주고받았고, 특히 아군 초소 시설이 찍힌 사진을 인민군에게 제공함으로써 국가보안법상 간첩죄와 군형법상 특수직무유기와 명령 불복종, 근무지 이탈 등 중죄를 저질렀음에도 전혀 반성하지 않고 있습니다.

이런 점을 고려하여 피고인 박은미를 법정최고형인 징역 30년에 처해 주시기 바랍니다.

변호인 (일어서서) 피고인 박은미를 위해서 변론하겠습니다. 피고인은 정말 억울합니다. 우리 헌법은 '모든 국민이 인간으로서의 존엄과 가치를 가지며, 행복을 추구할 권리를 가진다. 국가는 개인이 가지는 불가침의 기본적 인권을 확인하고 이를 보장할 의무를 진다.'라고 명시되어 있습니다.

인간으로서 행복하게 살 수 있는 권리, 다시 말해서 어떠한 경우라도 개개인의 사랑을 나눌 수 있는 개인의 기본 인권과 행복추구권이 헌법에 보장되어 있습니다. 그런데도 사상과 이념이 다르다고 해서, 남북 분단 이데올로기 때문에 두 남녀의 순수한 사랑까지 가로막는다는 것은 자유민주국가에서 있을 수 없는 일입니다.

인도주의적 차원에서 박은미 하사에게 사랑하고 결혼할 권리를 존중해야 한다고 생각하며, 재판부의 선처를 바랍니다.

재판장   피고인은 마지막으로 하고 싶은 말이 있으면 해 보세요.

박은미   근무지를 이탈하여 DMZ 철책에서 리국봉 하사를 만난 것은 잘못이지만, 간첩 행위라든가 군사기밀을 누설했다는 점에 대해서는 절대 승복할 수 없습니다. 저는 절대로 간첩 행위를 하지 않았습니다. 순수한 사랑을 나눴을 뿐입니다. 제발 제 말을 믿어주십시오.

재판장   이상으로 심리를 모두 마치고, 배석한 심판관과 합의를 한 다음 15일 후 선고하도록 하겠습니다.

재판부 퇴정한다.

S#77. 국방부 기자실 (낮)

기자실 브리핑룸에 즐비하게 늘어선 방송 카메라들. 북적대는 내·외신 기자들. 신문기자들이 자신의 데스크에서 저마다 기사를 준비하고 있다.

기자2   강 선배가 리국봉 입장이라면. 박은미한테 청혼하겠어요?

기자1	(담배를 꼬나물고) 은미 정도로 얼굴 이쁘고 쭈욱 빠졌다면 해 볼만도 하지 뭐.
기자2	인민군이 감히 그런 생각을 할 수 있겠냐 말이에요.
기자1	야, 인민군은 남자 아니냐? 이쁜 꽃 꺾고 싶은 건 하늘이 내려준 남자의 권리잖아!
기자2	불알 달린 것들은 다 도둑놈들여!

S#78. 고등군사법원 법정 (낮)

재판부 입장하여 자리에 앉는다. 몹시 긴장하고 있는 은미. 조 목사와 변호인, 방청객들의 상기된 표정들.

| 재판장 | 지금부터 군사고등법원 제1979고합 1호 국가보안법과 간첩죄, 특수직무유기 사건, 피고인 박은미에 대한 판결을 선고하겠습니다.
"피고인 박은미는 국가보안법 제8조에 명시된, 국가의 존립·안전이나 자유민주적 기본 질서를 위태롭게 한다는 점을 알면서도 반국가 단체의 구성원 또는 그 지령을 받은 자와 회합·통신 기타의 방법으로 연락을 취해서는 아니 된다는 법을 어겼고, 형법 제98조, 적국을 위하여 간첩 행위를 하거나 군사상의 기밀을 적국에 누설한 죄를 범하였으며, 군형법 제79조, 허가 없이 근무지 |

를 무단이탈하여 허가되지 않은 DMZ 철책선에서 적군과 접촉하는 등, 대한민국 군인 신분으로 도저히 용납할 수 없는 중죄를 범하였으므로, 피고인 박은미에게 징역 25년 형을 선고한다."

땅, 땅, 땅 선고 방망이를 두드리는 재판장. 사색이 되어 정신을 잃은 채 쓰러지는 은미. 급히 달려들어 부축하는 조 목사와 헌병들.

S#79. 교도소 감방 (낮)

독방에 수감되는 은미. 철문이 닫히는 순간, 바닥에 엎드려 통곡한다.

S#80. 북한 수용소 (낮)

수용소 복도에서 개 끌리듯 바닥에 쓰러져 끌려가는 리국봉. 그를 감방 안으로 발로 차 넣는 수용소 교도관들.

S#81. 교도소 감방 (밤)

저녁 식사가 배급되지만 무심코 뒤돌아 앉아있는 은미. 교도관 눈을 피해 숟가락으로 팔목 동맥을 절단하여 자살을 시도한다. 쓰러지는 은미. 바닥에 번지는 붉은 피. 순찰하던 교도관이 발견하고는 급히 응급조치한다.

S#82. 북한 수용소 운동장 (낮)

죄수들이 운동장에 모여 건강체조를 하고 있다. 홀로 주저앉아 작은 돌멩이로 땅바닥에 뭔가를 그리고 있는 리국봉. 은미의 얼굴이다. 초췌한 그의 모습에서,

S#83. 교도소 감방 (낮)

창문틀 사이로 스며드는 빛줄기. 넋을 잃은 듯 멍하니 보다가 갑자기 미치광이처럼 고함을 지르거나, 웃다가 울다가 정신을 잃고 마는 은미. 급히 뛰어드는 여자교도관. 은미에게 인공호흡한다.

S#84. 청와대 국가안보 실무대책회의 (현재)

박은미의 과거 군대생활 행적에 관한 국방부 측 발표가 끝나자,

수석	교도소 수감 이후 박은미의 행적을 파악했습니까?
경찰	네, 경찰청에서 박은미 사회생활 동향을 보고드리겠습니다.

프레젠테이션 화면에 적나라하게 비치는 은미와 관련된 각종 사진과 경찰 정보보고서.

S#85. 교도소 면회 접수실 (낮)

사복 차림의 조기원 목사와 중대장 옥도명 대위가 면회 접수 신청서를 쓰고 있다.

경찰관계자	(소리) 당시 대대 군종참모였던 조기원 목사는 제대 후 서울에서 개척교회를 운영하면서, 북한을 드나들며 활발하게 선교활동을 펼치는 교계 유력인사로 활동하고 있으며, 당시 중대장이었던 옥도명 대위는 박은미 사건으로 불명예 제대되어 현재는 빌딩 관리인으로 일하고 있습니다.

S#86. 교도소 면회실 (낮)

대기하고 있는 조 목사와 옥 대위. 죄수복 차림으로 나와 목례를 하는 은미. 수척하지만 비교적 밝은 얼굴이다.

박은미	바쁘신데 왜들 또 오셨어요. 이제 안 오셔도 되는 데.
조 목사	리국봉 하사 편지하고 자료들 받았지? 변호사 편에 보냈는데.
박은미	예, 잘 받았어요.
조 목사	이번에 내가 법무부 교정국 선도위원으로 위촉됐어.
박은미	어머, 그래요?
조 목사	다음부터는 이런 식으로 면회 안 하고 특별면회실에서 직접 만날 수 있을 거야. 그땐 기도 많이 해 주지.
박은미	감사합니다. 목사님
옥 대위	식사는 잘해?
박은미	(겸연쩍은 듯) 응, 오빠 (금시 눈물을 보이며) 오빠를 생각할 때마다 너무 가슴이 아파. 오빠가 무슨 죄가 있다고.
옥 대위	열심히 기도했더니 맘이 홀가분해. 목사님이 많이 도와 주셨어.
박은미	(조 목사에게) 고맙습니다. 목사님.
조 목사	이젠 은미 차례야…. 빨리 나와야지. 하나님이 도와주실 거야. 우선 리국봉 편지를 정리하고, 국봉이에게 보낸 은미 편지 내용에 감정을 불어넣어 사랑이 듬뿍 담긴 아름다운 시를 쓰는 거야.

옥 대위	은미 네가 찍은 스냅사진은 거의 다 모아놨어. 변호사
	편에 보낼게.
조 목사	밤낮으로 열심히 써. 최고의 명작을 낸다는 심정으로….
박은미	(눈물 보이며 끄덕인다)

S#87. 북한 수용소 소장실 (낮)

휠체어에 앉은 리국봉에게 아부하듯 니글니글한 표정으로

소장	영명하시고 위대하신 지도자 동지께서 국봉 동무를 특
	별히 사랑하시어 인민공훈 화가로 발탁하신 거야요. 평
	양에 가거든 이 김쌍수 소장 잊지 말라우요.
	위대하신 김일성 수령님 궁전에 국봉 동무 그림이 걸리
	는 날 내래 꼭 축하하러 갈꺼야요!
리국봉	감사합네다. 소장동무.
소장	(국봉 어깨를 어루만지며) 건강 조심하라우요!

S#88. 교도소 감방 (밤)

리국봉 편지 다발을 뒤적이다가 한 통을 골라 물끄러미 보는 은미.

| 리국봉 | (목소리) 은미 동무! 은미 동무를 내 마음속에 간직하면서부터 최고의 행복이 사랑이라는 것을 알게 되었습네다. 나의 사랑을 은미 동무에게 고백하면서부터 내 인생이 새로 시작된다는 사실도 알았습네다. 남자의 최고 훈장이란 아름다운 한 여인을 팔에 안고, 그녀 품속에서 자기 자신에게 충실하게 살아가는 것이라고 믿습네다. 인생에는 여러 가지 색깔이 있지만, 그중에서도 가장 아름다운 색깔은 사랑입네다. 은미 동무에게 내 사랑의 색깔을 안겨주고 싶습네다…. |

숙연하게 눈물을 흘리는 은미. 메모지에 뭔가를 열심히 기록한다.

S#89. 인민공훈예술단 (낮)

오른쪽 눈이 실명된 리국봉. 담배를 꼬나물고 왼쪽 다리가 절단된 반신불수로 목발을 짚은 채, 대형 캔버스 앞에서 채색에 몰두하고 있다. 금강산 만물상 산수화 그림이다. 그의 찌든 얼굴에서―

S#90. 교도소 감방 (저녁 무렵)

창밖을 주시하는 은미. 한 잎 두 잎 낙엽이 진다. 손가락 옥 반지를 만지작거리는 그녀의 슬픈 표정.

S#91. 리국봉 화실 (밤)

채색을 멈추고 생각에 잠겨있는 국봉. 다시 담배에 불을 붙여 심호흡으로 뿜어낸다. 그의 책상에 놓인 은미 초상화. 물끄러미 보는 그의 애잔한 눈빛에서—

박은미   (목소리) 국봉 씨! 사랑은 죽음의 공포보다 강하다죠?
           사랑할 수만 있다면 그 어떤 것도 성취할 수 있다고 합
           니다. 우리의 순수하고 아름다운 사랑을 어느 누구도
           가로막을 수는 없어요. 설사 우리를 훼방하고 떨쳐놓아
           도 위대한 사랑의 힘을 막지는 못할 거예요. 그들에게
           절대로 굴복해서는 안 돼요. 국봉 씨! 사랑은 모든 것을
           이기니까요….

S#92. 몽타주

열심히 원고를 쓰고 있는 은미. 그녀 옆에 수북이 쌓인 원고 뭉치. 맨 앞장에 〈슬픈 DMZ〉라는 타이틀이 보인다. 대형 캔버스 앞에서 채색

에 몰두하고 있는 리국봉. 그의 진지한 모습. 자신의 스냅사진을 원고 중간마다 끼워 넣는 은미. 금강산 만물상 수채화를 마무리하는 리국봉. 조기원 목사로부터 〈슬픈 DMZ〉 시집을 건네받으며 눈물을 쏟는 은미. 대형 서점 가판대에 진열된 은미의 〈슬픈 DMZ〉 시집. 베스트셀러 홍보 문구가 여기저기 보인다.

S#93. 교도소 감방 (밤)

자신의 시집을 가슴에 안고 있다가 책갈피를 펴 보는 은미. 철책선을 배경으로 리국봉의 초상화가 보인다. 그 초상화 밑부분에 실린 시를 읊는다.

박은미   (마음의 소리) "철책선 쇠가시줄마다
               바람으로 스치는 것은
               내 사랑의 음성이 그대를 부르는 소리.
               그 소리는 삭아서
               이름 없는 야생화 빛깔로 남아
               바람으로 울다가
               핏빛 노을이 된다.
               DMZ를 나는 새들이여!
               내 사랑의 노래가 계곡을 넘어
               임의 귓전을 스칠 때,

행여나 철조망 쇠가시줄이 가로막거든
그 빈자리를 눈물로 채워주렴.
가슴을 차고 오르는 사랑의 열정이
꽃이 되고, 바위가 되고, 노을이 되어
허허로운 저 산야를 어루만지며
돌아올 수 없는 그대의 빈자리를
석양 노을빛으로 채색하리라."

시집을 덮고 자신의 손가락 옥 반지를 보는 은미. 눈물로 젖은 그녀의
애잔한 눈빛에서—

S#94. 인서트

각종 일간지, 주간지에 대서특필된 은미의 〈슬픈 DMZ〉 시집 기사들.
서점 가판대에 올려진 베스트셀러 〈슬픈 DMZ〉 시집. 방송 화면의 은
미 특집보도 내용. 각종 포털사이트에 키워드로 등장하는 은미의 〈슬
픈 DMZ〉. 페이스북, 마이스페이스, 믹시, 싸이월드, 미투데이 등SNS
와 페이스북, 트위터에 오르내리는 은미의 얼굴과 〈슬픈 DMZ〉 시집.
네티즌들의 열띤 댓글을 통하여 '사랑의 화신' 박은미를 석방해야 한다
는 여론이 부각된다. 외국 언론매체의 열띤 보도와 각종 기사.

S#95. 교도소 정문 (낮)

내·외신 취재진들로 북적댄다. 출입을 가로막는 교도대원. 강하게 항의
하는 기자들.

S#96. 여성단체 사무실 (낮)

'박은미 구명운동 본부'라는 현수막이 걸려 있다. 조기원 목사와 옥도
명 대위가 여성단체 회원들과 숙의한다.

여성 1	(구명운동 캠페인 계획서를 보면서) 가두서명팀은 목사님이 맡으실 거죠?
조 목사	옥 대위와 무료봉사자들 20여 명 팀을 이미 짜 놨습니다.
여성 1	역시 목사님이 가장 발 빠르게 움직이시는군요. 유엔과 미국, 일본, 중국에 보낼 탄원서는 누가 작성하죠?
여성 2	내일 오전 영문과 교수님들과 만나기로 했습니다. 초안은 이미 작성했고요.
여성 1	청와대와 국회, 국방부, 법무부에 보낼 탄원서는요?
여성 3	(탄원서를 보여주며) 제가 작성했습니다.
여성 1	수고하셨습니다. 내·외신 언론 쪽은요?
여성 4	우리 팀에서 언론사 명단 다 뽑고요, 문안도 준비 끝입니다.
여성 1	고맙습니다. 다들 적극적으로 나서주시니까 좋은 성과

가 있으리라 봅니다. 저는 방송사와 협조해서 박은미 하사 특집 대담프로를 만들고, CNN 인터뷰를 주선할 계획입니다.

조 목사   청와대와 국회, 법무부 항의방문은 언제쯤 할 건가요?

여성 1   우리 단독으로 가는 것보다는 재야 인권단체들과 행동을 같이하는 게 좋을 거 같습니다.

조 목사   우리 교계 목사님들도 합류하기로 했어요.

여성 2   가톨릭 인권연대 신부님들도 참여하기로 했는데요?

조 목사   잘 됐군요. 실무 접촉회의를 준비하시죠.

여성 1   불교계는 반응이 없던가요?

여성 3   그렇지 않아도 총무원에서 연락이 왔었어요. 관계자를 우리 쪽에 보낸다고요.

여성 1   좋습니다. 내일 오후 2시에 합동회의를 열겠습니다. 팀별 준비를 오늘 중으로 마무리해 주시기 바랍니다.

S#97. 교회 내부 (밤)

십자가 고상 앞에 엎드려 기도하는 조 목사와 옥 대위. 조 목사 머리맡에 〈슬픈 DMZ〉 시집이 놓여있다.

S#98. 서울역 앞 (낮)

가두서명 좌판대 앞에 나붙은 대형 현수막들. '사랑의 아픔을 눈물로 쓴 〈슬픈 DMZ〉 시집 저자 박은미', '교도소에 갇힌 사랑의 화신 박은미를 석방하라!', '사상과 이념을 초월, 사랑을 고백한 박은미와 리국봉을 구합시다!', '남한 여군 박은미와 북한군 리국봉 결혼을 허락하라!'. 띠를 두르고 핸드마이크로 서명을 부탁하는 조 목사와 옥 대위. 즐비하게 늘어선 서명 인파. 끝이 보이질 않는다. 길 가는 행인들에게 서명해달라며 외쳐대는 여성단체 회원들. 내·외신 언론의 열띤 취재.

S#99. 임진각 (낮)

바람에 펄럭이는 현수막들. 북한인권시민연합 회원들이 피켓을 들고 북을 향해 함성을 외친다. "사랑을 고백한 리국봉을 자유대한으로 송환하라!", "남한 여군 박은미와 북한군 리국봉의 결혼을 허락하라!", "공훈 화가 리국봉에게 자유를 보장하라!".

S#100. 정부종합청사 (낮)

"박은미를 즉각 석방하라!", "박은미에게 사랑의 자유를 보장하라!", "박은미와 리국봉의 결혼을 허락하라!" 등의 플래카드를 앞세우고, 항의 방문하는 여성 인권단체 회원들과 수많은 재야 인권단체 회원들.
내·외신 취재진.

S#101. 몽타주

현수막을 앞세우고 국회를 항의 방문하는 인권단체 회원들. 요란한 경
찰차 사이렌 소리, 기동대 버스들이 국회 정문을 순식간에 가로막는
다. 경찰과 격렬하게 몸싸움하는 탈북자단체 회원들. 경찰 기동대원들
에게 끌려가거나 경찰 버스에 강제로 연행된다. 국방부 정문에서 헌병
들과 거칠게 몸싸움하는 인권단체 회원들. 헌병에게 끌려가는 회원들.
내·외신 언론의 열띤 취재.

S#102. 서울 명동거리 (저녁 무렵)

가두서명 현장에서 CNN과 인터뷰하는 조기원 목사와 옥 대위. 박은
미의 〈슬픈 DMZ〉 시집과 사진, 리국봉이 보낸 편지들을 보여준다. 은
미의 대형사진 피켓을 들고 응원하는 여성단체 회원들. 젊은이들이 합
세하여 온통 북적인다.

S#103. 강변 (저녁 무렵)

임진강 강변에서 대형 기구(풍선)를 띄우는 북한인권시민연합 회원들. '리국봉을 자유대한으로 즉각 송환하라', '리국봉과 박은미의 국제결혼을 보장하라' 등의 현수막을 대형 풍선에 매달아 각종 전단지 뭉치와 함께 북으로 날려 보낸다. 그들 가운데 끼어있는 조기원 목사와 옥 대위. 포위하고 있는 경찰과 대치하며 구호를 외치는 회원들.

S#104. 고속버스터미널 (낮)

대합실에서 많은 승객이 대형 모니터를 통해 방송을 시청하고 있다. 은미 관련 보도와 동영상이 계속된다. '사랑 앞에는 사상도, 이념도, 철조망도, 그 아무것도 장애물이 있을 수 없으며, 오직 하루빨리 리국봉과 재회하고 싶다'는 자막과 함께 눈물로 호소하는 은미의 애처로운 모습. 리국봉이 자신에게 끼워준 어머니의 옥 반지와 연필로 그린 리국봉의 초상화를 보여주며 흐느끼는 은미. 시집 〈슬픈 DMZ〉를 펼쳐 보이며 자신의 시를 낭송하면서 눈물을 흘리는 안타까운 장면 등이 이어진다. 손수건으로 눈물을 닦는 승객들. 은미의 구명을 호소하는 인권단체 회원들의 활동상과 CNN 인터뷰 장면이 나온다.

S#105. 순안비행장 (낮)

'평양'이라는 영어와 한글 간판이 좌우에 있고 중간에 김일성 초상화가 걸려 있다. 여객기에서 내리는 조기원 목사와 교계 지도자들. 조 목사 일행을 맞이하는 북한 관계관들.

S#106. 북한 고위층 사무실 (낮)

고위층과 면담하고 있는 조 목사 일행. 은미의 편지와 시집 〈슬픈 DMZ〉, CNN에 보도된 기사 내용을 보여주면서.

조 목사　　　남한의 박은미 하사가 30년 전 최전방 철책선에서 근무 할 때 나는 군종 목사로 활동하면서 박 하사가 리국봉 하사와 사랑을 나누고 결혼을 약속한 사실을 잘 알고 있습니다. 이 사람들은 비록 군인 신분이었지만 사상과 이념을 떠나 인간으로서 순수한 사랑을 나눈 것입니다. 남과 북이 서로 평화통일을 외치면서 이 두 젊은 청춘남 녀의 결혼을 반대해서야 되겠습니까? 우리가 진정으로 통일을 원한다면 우선 이 두 사람의 자유로운 결혼부터 보장을 해줘야 합니다.

북한 고위층　남조선 조 목사 동무의 생각을 모르는 거이 아니야요. 남조선 정부가 말로는 인도주의 어쩌고저쩌고 하지만,

DMZ에서 방송하는 걸 보면 새빨간 거짓말임을 알 수 있습네다. 잘 알다시피 남조선 당국이 박은미 동무를 감옥에 가둬놓고 풀어주지도 않으면서 무슨 인권이니 하면서 떼를 쓴단 말입네까.

(음흉한 미소를 지으며) 차라리 박은미 동무를 우리 북조선으로 돌려보내면 어떻겠습네까?

리국봉 동무는 우리 북조선에서 보물로 아끼는 인민공훈 화가란 말입네다. 하하하….

조 목사   (난처한 표정에서)

S#107. 인민공훈예술단 (낮)

휠체어에 몸을 지탱한 채 힘겹게 채색을 하고있는 리국봉. 거의 완성단계에 있는 금강산 만물상 대형 산수화 그림이다. 책상에는 연필로 그린 은미의 초상화 액자가 놓여있다. 공훈 화가라는 칭호가 새겨진 임명장도 보인다. 품 안에서 뭔가를 꺼내 유심히 살펴보는 국봉. 대검으로 잘라 자신에게 주었던 은미의 머리카락이다. 은미의 초상화를 보면서 회심의 눈물을 쏟는 리국봉.

S#108. 교도소 (낮)

육중한 교도소 철문이 열린다. 석방되어 나오는 은미. 극도로 쇠약해진 초췌한 모습이다. 그녀가 교도소 문을 나서는 순간, 수많은 인권단체 회원들이 몰려들어 환호하면서, 인권단체 대표 여성1이 화환을 은미 목에 걸어준다. 국내·외 언론 취재진들로 인산인해를 이룬다.

S#109. 기도원 (밤)

십자가 고상 앞에 엎드려 오열하는 은미. 그녀 뒤에 무릎 꿇고 기도하는 조 목사와 옥 대위. 은은히 울려 퍼지는 찬송가.

S#110. 청와대 (현재, 낮)

국가안보 실무대책회의가 열리고 있다. 박은미에 관한 경찰관계자의 보고가 끝나자, 과거에 방송되었던 낡은 필름의 '평양방송'이 자막과 함께 프레젠테이션 화면에 비친다.

(자막) 2002년 4월—
눈에 익은 북한 여성 앵커의 앙칼진 목소리.

앵커   "남조선 정부가 박은미와 리국봉에게 국제결혼을 시켜
       야 한다며 이것을 빙자하여 북조선 인민의 인권을 운운
       하면서 선동하고, 인도주의를 핑계 삼아 우리 인민의 주
       체사상을 교란시킬 목적으로 교활하게 심리전을 자행하
       고 있으며, 우리의 공훈 화가 리국봉을 남쪽으로 송환
       하라는 불손하고 음흉한 남조선 괴뢰도당의 계략에 추
       호도 응할 수 없다."

S#111. 병원 로비 (낮)

침울한 표정으로 진료실에서 나오는 은미. 뒤따르는 옥 대위. 병원 로
비에서 우연히 긴급보도 뉴스를 듣는다. 평양방송 여성 앵커의 앙칼진
목소리와 함께 뜨는 자막.

앵커   (소리) "우리의 공훈 화가 리국봉을 남쪽으로 송환하라
       는 불손하고 음흉한 남조선 괴뢰도당의 계략에 추호도
       응할 수 없다."

방송을 듣는 순간 정신을 잃고 쓰러지는 은미. 부축하는 옥 대위. 급
히 간호원을 부른다.

굿바이 DMZ

S#112. 병실 (밤)

조 목사와 옥 대위가 심각하게 얘기를 나누고 있다. 이때, 간호원 부축을 받으며 들어오려던 은미가 문밖에서 두 사람의 말소리를 엿듣는다.

옥 대위	의사가 분명히 '알츠하이머 악성 치매'라고 했습니다. 일반 치매는 간혹 회복될 수도 있지만, 뇌 동맥경화 악성 치매는 도저히 회생이 불가능하다고 합니다.
조 목사	그렇다면 시한부 생명이라는 건가요?
박은미	(문을 박차고 들어오며) 내가 시한부 목숨이라고요?

황당한 조 목사와 옥 대위, 어쩔 줄 모른다. 이성을 잃은 듯 안절부절 못하다가, 머리를 감싸 쥐고 괴성을 지르며 발악하는 은미.

S#113. 인민공훈예술단 (낮)

금강산 만물상 대형 산수화가 완성되어 한 눈에 들어온다. 정 사진을 찍어 놓은 듯 정교하게 그려진 대작이다. 목발을 짚고 힘겹게 그림 앞에 서 있는 리국봉. 고급 당 간부가 리국봉의 가슴에 훈장을 달아주고, 여자 어린이가 꽃다발을 건네자 인민예술단 동료들이 박수갈채를 보낸다. 감격스러운 미소를 짓지만, 백발이 성성한 초췌한 모습에 시력을 잃은 국봉의 일그러진 한쪽 눈이 애처롭기만 하다.

S#114. 병실 (낮)

은미가 신경질적으로 책장을 넘기다가, '악성 치매'라는 페이지에서 눈길이 멎는다. 읽어보다가 괴성을 지르며 책을 집어 던진다. 그녀의 고통스러운 신음.

S#115. 병원 진료실 (밤)

정신 나간 사람처럼 허둥지둥 진료실로 뛰어드는 은미. 뻥해지는 의사.

박은미   (의사 소매를 붙들며) 선생님, 내가 왜 악성 치매예요?
               난 이렇게 멀쩡하단 말이에요. 왜 거짓말을 해요. 보세
               요, 이렇게 멀쩡하잖아요! 선생님, 아니죠? 시한부 목숨
               아니죠? 나 지금 죽는 거 아니죠?

간호원들이 들어와 은미를 부축해 나간다. 엉엉 울며 처절하게 몸부림치는 은미.

S#116. 병원 뒤뜰 벤치 (낮)

은미와 조 목사, 옥 대위가 앉아있다. 생각에 잠겨있는 은미.

박은미	(기도하고 있는 조 목사에게) 목사님, 한 가지 부탁이 있어요.
조 목사	무슨?
박은미	제가 근무했던 GP 초소에 가 보고 싶어요.
조 목사	뭐라고? 그건 좀…. 어려울 텐데.
박은미	(무릎 꿇고 애원하듯) 마지막 소원이에요. 딱 한 번만 갈 수 있게 해 주세요.
옥 대위	국방부에서 허가를 안 해줄 거야.
박은미	목사님, 제발 부탁이에요.
조 목사	(난처한 듯 생각에 잠기다가) 국방부 선교 회장단을 통해 한번 알아보지.
박은미	(연신 머리를 조아리며) 고맙습니다. 고맙습니다.

S#117. 비무장지대 (낮)

(자막) 2008년 5월―

멀리 고지에 GP가 보인다. 뿌연 먼지를 날리며 GP 쪽으로 달리는 두 대의 오픈 찝차와 반트럭에 탑승한 중무장한 대원들이 사주경계를 하며 뒤따른다. 첫 번째 찝차에는 중대장과 무전병이, 두 번째 찝차에는 은미와 조 목사, 옥 대위가 타고 있다.

S#118. GP 초소 운동장 (낮)

도열하고 있는 초소 대원들. '환영! 〈슬픈 DMZ〉 시인 박은미 선배님!'
이라는 피켓이 보인다. 은미 일행이 도착하자, 일제히 거수경례를 보낸
다. 찦차에서 내리는 은미. 후배 여군이 야생화로 만든 꽃다발을 은미
목에 걸어준다. 여군 방송대원들의 손을 잡으며,

박은미	(감격스러운 표정으로) 30년 전 이 자리에 내가 있었지.
여군	선배님에 대해서 잘 알고 있습니다. 선배님은 정말 멋지고 아름다운 분이세요.
박은미	(말없이 미소 짓는다)

S#119. GP 방송실 (낮)

대북 확성기방송용 마이크를 만지작거리다가, 방송실 창틀 밖으로 멀리
보이는 인민군 초소를 물끄러미 바라보는 은미. 어느새 두 볼이 흥건하
게 젖어있다.

S#120. 초소 옆 언덕 (낮)

덩그러니 서 있는 대형확성기를 어루만지는 은미. 애잔한 눈빛이다. 느

닷없이 손바닥으로 깔때기를 만들어 북녘을 향해 목청을 돋워 연신 '리국봉' 이름을 부른다. 그녀의 애절한 목소리가 처절한 통곡으로 변해, DMZ 적막한 산야를 맴돌다가 메아리로 되돌아온다. 이때, 강렬한 인민군 군가와 함께 대남방송이 시작된다. 지척에 드리워진 육중한 철책선. 은미의 시선이 그 철책에 머무르는 순간, 손을 내밀어 리국봉을 붙들고 상면하다가 국봉이 옥 반지를 끼워주는 시늉을 한다. 리국봉이 금시라도 은미를 껴안을 것처럼, 두 팔을 벌린 채 허공을 향해 속삭이듯 '국봉씨'를 되뇌는 은미. 자신의 손가락에 끼워져 있는 누런 옥 반지에서 눈을 떼지 못한다. 울컥하며 다시 일그러지는 그녀의 슬픈 표정에서—

S#121. 리국봉의 화실 (밤)

캔버스에 유화 물감으로 은미의 자화상을 그리고 있는 리국봉. 초췌한 백발노인으로 변해있다. 실명된 오른쪽 눈자위가 검게 멍들고, 한쪽 눈도 잘 보이지 않은 듯 더듬거리며 물감을 찾는다. 정성 들여 은미의 붉은 입술을 그리는 리국봉의 떨리는 손이 애처롭다.

S#122. 병실 (낮)

벽면에 리국봉 형상을 닮은 피카소 작품 같은 이상한 그림이 그려져 있다. 옥 대위가 들어오자 '국봉 씨'라 부르며 매달린다. 은미를 붙잡아

침대에 눕히자 다시 벌떡 일어나 천진난만하게 카메라로 벽에 붙은 리국봉 초상화를 찍으며 싱글벙글하다가 이내 울음을 터트린다. 손가락 옥 반지를 자랑하듯 뽐내다가 히죽히죽 웃기도 한다. 그 순간, 평양방송을 인용한 뉴스가 방송된다. 유심히 보는 은미. 평양방송 여성 앵커의 날카로운 목소리.

앵커   "김일성궁전 중앙 벽면에 북조선의 인민공훈 화가 리국봉이 그린 금강산 만물상 산수화 대작이 게시되었습니다. 영명하신 지도자 김정일 동지께서는 이 그림을 보시고 극찬하셨습니다. 우리 민족의 최고 화가 리국봉은 산수화의 대가이며, 위대한 김정일 동지로부터 한없는 영웅 대접을 받고 있습니다."

김정일과 나란히 찍은 리국봉의 사진과 금강산 만물상 산수화가 동영상으로 소개된다. 리국봉 보도내용을 시청하던 은미가 갑자기 발작한 듯 카메라와 물컵을 움켜쥐고 밖으로 뛰쳐나간다.

S#123. 병원 앞 화단 (낮)

환자복 차림으로 GP에서의 대북방송을 흉내 내는 은미. 물컵을 마이크 삼아 병원 건물을 향해 알 수 없는 소리를 지껄인다. 물컵을 던지고 손바닥으로 깔때기를 만들어 목이 터져라 '리국봉'을 외치기도 한다. 휠체어에 앉아있는 낯선 환자를 리국봉으로 착각한 듯 카메라로 찍거나 얼굴을 쓰다듬는 은미. 그녀를 제지하는 간호원. 두통이 심한 듯 머리를 움켜쥐고 몹시 괴로워하다가, 간호원들이 강제로 끌고 들어가려 하자 처절하게 저항한다.

S#124. 병실 (낮)

철침대에 손과 발이 묶인 채 발버둥 치는 처절한 은미의 모습에서,

S#125. 리국봉의 화실 (밤)

술을 마시고 있는 리국봉. 몹시 취해 있다. 연거푸 술잔을 비우다가 은미 초상화를 물끄러미 본다. 품 안에서 은미의 머리카락 뭉치를 꺼내 만지작거리다가 화가 치민 듯 벌떡 일어나 부엌에서 식칼을 들고나온다. 거의 완성된 또 다른 대형 그림을 갈기갈기 찢어버리는 국봉. 짐승 울음 같은 묘한 신음 소리를 토해내며, 울분을 참지 못한 채 화실을 빙빙 도는 그의 일그러진 표정에서—

S#126. 의사 진료실 (낮)

MRI 차트를 보면서 점점 심각해지는 의사. 초조하게 바라보는 조기원

목사와 옥 대위.

의사	급성뇌종양입니다.
조 목사	예…. 에?
의사	길어야 앞으로 3개월 남짓. 마음의 준비를 하셔야겠습니다.
옥 대위	더 이상 치료방법은 없습니까?
의사	불가능합니다.
조 목사	(침통한 표정으로) 알겠습니다. 환자에게는 비밀로 해주십시오.
의사	(말없이 끄덕인다)

S#127. 기도원 (낮)

십자가 고상 앞에 무릎 꿇고 기도하는 은미와 조 목사, 옥 대위. 오히려 평화로운 그녀의 표정에서—

S#128. 병실 (낮)

평온한 모습으로 편지를 쓰고 있는 은미. 리국봉의 초상화를 물끄러미 보면서 옥 반지를 만지작거리거나, 노랗게 물든 창밖의 은행나무를 보다가, 벽에 붙은 달력의 금강산 만물상 사진에서 시선이 멈추더니, 금강산 만물상을 스케치하는 젊은 시절의 리국봉을 떠올린다.

박은미   (마음의 소리) 금강산에 가고 싶다. 아, 금강산에 가고
             싶다. 금강산에 보내 주세요. 제발 마지막 소원입니다.

침착하게 다시 편지를 쓰기 시작하는 은미.

S#129. 몽타주

GP 초소에서 대북 확성기방송을 하는 은미의 모습. 꼬리연에 매달려 온 리국봉의 초상화를 보면서 당황하는 모습. 리국봉이 보낸 편지를 읽으며 황홀해 하는 은미. 철조망 사이로 은미에게 옥 반지를 끼워주며 눈물 흘리는 리국봉. 법정에서 실형 선고를 받고 쓰러지는 은미. 옥중에서 자살하려 하는 은미. GP를 방문했을 때 소녀처럼 좋아하던 모습. 그녀의 눈앞에 펼쳐지는 DMZ 철책선과 인민군 초소가 광활한 금강산 만물상을 배경으로 리국봉의 얼굴이 클로즈업되면서, 편지의 마지막 구절이 은미 육성으로 잔잔히 흐른다.

박은미   (목소리) "제발 부탁입니다. 단 한 번만이라도 금강산을
             볼 수 있게 해 주세요! 제 마지막 소원입니다."

S#130. 진료실 (낮)

담당 의사와 조 목사, 옥 대위가 심각하게 얘기를 나눈다.

의사	절대로 안 됩니다. 정신적으로 충격을 받으면 석 달이 아니라 바로 사망할 수도 있어요.
조 목사	하지만, 환자가 저토록 애원하는데 어찌합니까.
의사	그래도 안 됩니다. 평지라든가 낮은 산도 아니고 악산으로 불리는 금강산을 오르다니 상식적으로도 될 말입니까?
옥 대위	목사님, 의사 선생님 의견을 따르는 게 좋을 거 같습니다.
조 목사	(침울한 표정으로 결심한 듯) 선생님 말씀이 백번 옳습니다. 중환자를 데리고 금강산을 간다는 생각 자체가 잘못이죠. 하지만 선생님, 박은미는 시한부 인생입니다. 어찌 됐든 본인의 마지막 소원을 들어주는 것도 하나님의 뜻이라고 믿습니다. 병원 측이나 선생님을 원망하지 않겠습니다.
의사	알겠습니다. 목사님 뜻이 정 그러시다면.
조 목사	중대장님, 제 마음을 이해해주십시오. 인생의 왕복 차표는 발행할 수 없지요. 한번 출발하면 다시는 돌아올 수 없는 걸요…. 그런 마음으로 은미를 생각했으면.
옥 대위	목사님 뜻에 따르겠습니다.

S#131. 금강산 (낮)

(자막) 2008년 6월—

형형색색 아름다운 단풍과 계곡의 청정수. 만물상 코스라고 적힌 표지판이 보인다. 조 목사와 옥 대위의 부축을 받으며 힘겹게 오르는 은미. 초췌한 모습이지만 즐거운 표정이다. 층암절벽과 기암괴석. 한 폭의 절경 속에 리국봉의 얼굴을 떠올린다. 귀면암을 배경으로 관망대에서 바라보는 은미. 만물상이 한눈에 펼쳐진다. 가슴 벅찬 평화로운 그녀의 얼굴. 천진난만하게 만물상을 카메라에 담는 시늉을 한다.

그 순간, 어디선가 강하게 들리는 핸드폰 전화벨 소리. 다시 발작을 일으키는 은미. 고막을 찢을 듯 굉음을 토해내는 인민군 대남확성기 소리. 법정에서 실형을 선고하는 재판장의 방망이 소리. 짐승처럼 포효하는 리국봉의 분노의 신음 소리. 그녀의 뇌리를 스치는 온갖 불협화음을 견디지 못하는 듯 두 손으로 머리를 움켜쥔 채 몹시 괴로워한다. 옥 대위가 급히 진정제를 먹이자 스르르 눈을 감는 은미.

S#132. 금강산 온정리 온천 (저녁 무렵)

조 목사와 옥 대위가 온천욕을 하고 있다.

S#133. 관광객 숙소 (같은 시각)

숙소를 몰래 빠져나오는 은미. 화사한 핑크색 원피스 차림이다.

S#134. 인민군 해안초소 (같은 시각)

초소에서 바라보는 해안가. 낙조가 환상적이다. 흰 포말을 일으키는 파도.

S#135. 해안가 (같은 시각)

철책을 따라 산책하듯이 걷는 은미. 기쁜 생각에 잠긴 듯 나비를 쫓아 춤추는 시늉을 한다. 마냥 밝고 화사한 표정의 가벼운 몸놀림.

S#136. 관광객 숙소 밖 (같은 시각)

은미 방 벨을 누르는 옥 대위. 응답이 없자 문을 열고 은미를 부른다.

옥 대위   은미야, 방에 있어? 은미야! (둘러보다가 조 목사에게)
                   없는데요…. 없어졌습니다.

둘 다 급히 뛰쳐나간다.

S#137. 인민군 해안초소 (같은 시각)

쌍안경으로 해안을 감시하는 인민군 병사. 쌍안경 렌즈에 은미가 포착된다. 급히 비상전화기를 돌리는 초병. 상부에 보고한다.

S#138. 관광객 숙소 주변 (같은 시각)

이리저리 뛰어다니며 은미를 부르는 조 목사와 옥 대위.

S#139. 해안가 (같은 시각)

조개껍데기를 주워 바닷물에 씻어 요리조리 보다가 다시 일어나 가벼운 몸놀림으로 사뿐사뿐 걷는 은미. 그 순간, 일제히 불을 뿜는 북한 경비 초소 기관총. 위협사격이다. 은미를 중심으로 총탄 자국이 원을 그린다.

S#140. 정치보위부 지하벙커 (밤)

모진 고문으로 의식을 잃은 피투성이의 은미. 보위부 요원이 은미에게 찬물을 끼얹는다. 겨우 의식을 차려 사방을 둘러보다가 실성한 듯 고함을 지른다.

요원   (머리채를 낚아채며) 요 에미나이 미쳤구만. 북조선이
         그리워서 자진 월북했다고 자백하란 말이야!

은미, 노려보다가 간부 요원의 얼굴에 침을 뱉는다. 그녀의 뺨을 사정없이 갈기는 간부. 비명을 지르며 쓰러지는 은미. 은미의 엄지손가락을 강제로 끌어당겨 서약서에 손도장을 찍는다.

S#141. 평양방송 (낮)

(자막) 긴급보도—
여성 앵커의 앙칼진 목소리.

앵커   "위대한 조선민주주의인민공화국을 그리워하던 남조선
         의 박은미 여성동무가 오래전부터 마음속으로 사모해온
         우리 북조선 공훈 화가 리국봉을 만나기 위해 금강산
         관광을 하다가 죽음을 무릅쓰고 북조선으로 탈출해왔
         습니다. 박은미 동무는 30년 전 리국봉 동무가 준 오마

니 옥 반지를 끼고 있었고, 리국봉 동무가 손수 그려준 초상화를 품에 안고 왔다고 합니다"

S#142. 청와대 국가안보 실무대책회의 (낮)

관련 부서 관계자들을 호되게 질타하는 최고책임자.

책임자   급성뇌종양과 알츠하이머를 앓고 있는 시한부 중환자를 금강산 관광객에 포함시킨 것은 전적으로 통일부 책임 아닌가?
금강산 현지에서 관광객을 보호하고 책임져야 할 정부 소속 직원과 관광회사 관계자들은 도대체 뭣들 한 건가?

머리를 떨군 채 겸연쩍게 듣고 있는 관계관들. 은미의 월북 경로와 총격 지점이 명시된 상황판. 여기저기 흩어져 있는 언론 보도내용.

책임자   (소리) 지금, 언론이 난리야. 외국에서 더 떠들고 야단이잖아! 국민들이 정부를 성토하고 원성이 자자한데, 박은미가 납치된 지 일주일이 지나도록 대응책 하나 내놓질 못하다니. 말이 되느냐고? 이래서 어떻게 국민들을 이해시키냔 말이야!

S#143. 북한 국가보위부 안가 (밤)

여관처럼 꾸며진 독방에 감금된 은미. 무심코 TV를 켠다. 몹시 야윈 얼굴이다. 평양방송에 나오는 자신의 모습을 보면서 몹시 놀라며 얼굴을 감싼 채 흐느낀다. 뭔가 결심한 듯 심각한 표정으로 편지를 쓴다. 그녀의 얼굴을 적시는 눈물. 다시 발작을 일으키며 머리를 감싸고 괴로워하다가 옆에 놓인 약봉지에서 약을 꺼내 허겁지겁 먹는다. 진정이 된 듯 스르르 잠이 든다.

S#144. 모란봉 초대소 (낮)

보위부 요원과 내·외신 기자들이 운집해 있다. 창밖을 내다보며 초조하게 앉아있는 초췌한 모습의 은미. 이때, 휠체어를 탄 리국봉이 부축을 받고 들어온다. 서로 말없이 바라본다. 은미가 품에서 국봉의 초상화를 꺼내 실물과 비교해 본다. 백발이 성성한 일그러진 국봉의 얼굴. 리국봉이 호주머니에서 은미의 사진을 꺼내 본다. 초췌한 모습의 은미. 서로 가까이 다가간다.

리국봉   은미 동무!
박은미   국봉 씨!

이윽고 부둥켜안은 채 통곡하는 두 사람. 이들을 지켜보며 함께 눈물을 쏟는 참석자들. 리국봉이 은미 손가락의 옥 반지를 발견하고는 더욱 목이 메어 흐느낀다. 품 안에서 뭔가를 꺼내는 리국봉. 여러 겹 천으로 싼 주머니를 푼다. 은미의 머리카락이 나온다. 머리카락을 풀어헤쳐 은미에게 보여주는 리국봉. 다시 부둥켜안고 통곡하는 두 사람. 처참하게 일그러진 그들의 모습에서, 갑자기 발작을 일으키며 쓰러지는 은미. 입에서 거품을 쏟는다. 은미를 황급히 옮기는 요원들. 내·외신 기자들의 플래시가 쉴 사이 없이 터진다.

S#145. 병원 응급실 (낮)

시신이 흰 천으로 덮여 있다. 의사의 지시에 따라 천을 열고 보는 리국봉. 은미의 얼굴이다. 그녀의 뺨에 자신의 볼을 비비며 통곡하는 국봉. 국봉에게 뭔가를 전해주는 국가보위부 요원. 은미가 남긴 편지다.

박은미   (그녀를 붙들고 오열하는 국봉의 등 뒤에 맴도는 목소리) 사랑하는 국봉 씨! 30년 동안이나 그리워하던 당신 얼굴을 보고나니 이 세상을 떠날 수 있을 것 같아 행복합니다. 단 한 순간 만이라도 당신 품에 안겨보고 싶었는데, 단 한 번만이 라도 당신의 따뜻한 손을 잡아보고 싶었는데…. 한평생 애태우면서 지치도록 기다렸더니 다행히도 이런 날이 오는군요.
          하지만 국봉 씨! 너무나도 원통하고 가슴이 아프네요. 당신이 좋아한다던 된장국 한 번 끓여주지 못하고 떠나니 말이에요. 이게 하늘이 우리에게 내린 사랑의 전부인가 봅니다. 제가 비록 떠나도 훌륭한 작품 많이 남기고 오세요. 내 눈을 당신에게 바치겠습니다. 저 세상에서 다시 만나요. 국봉 씨! 기다릴게요.

S#146. 병원 수술실 (낮)

리국봉의 개안수술이 진행된다.

S#147. 평양방송

TV 모니터에 비치는 평양방송 긴급보도. 여성 앵커의 목소리.

앵커   "북조선으로 귀순해 온 남조선 박은미 동무가 오늘 오전, 모란봉 초대소에서 사모하던 인민공훈 화가 리국봉을 만나는 순간, 정신적으로 너무나 큰 충격을 받아 심장마비로 사망하였습니다. 박은미 동무는 오래전부터 급성뇌종양과 치매를 앓고 있었다고 합니다.

그런데 박은미 동무는 자기가 죽고 나면 자신의 눈(안구 이식은 현재도 성공사례가 없습니다. 각막은 이식은 가능하지만, 지뢰같은 외상으로 인해 완전히 실명한 경우 각막 이식으로도 눈이 정상으로 돌아오지 않습니다. 눈자위가 검어지고 완전히 망가진 오른쪽 눈은 수술해도 정상이 되지 않습니다.)을 사모하는 리국봉 동무에게 옮겨주어 리국봉 동무가 그림을 더 잘 그릴 수 있도록 해 달라는 유언을 남겼습니다."

S#148. 판문점 (낮)

판문점 군사분계선. 북적대는 남북 관계자와 내·외신 기자들. 휠체어를 탄 채 은미의 유골함을 들고 있는 리국봉. 조기원 목사에게 유골함을 건넨다. 조 목사는 〈슬픈 DMZ〉 은미의 시집을 리국봉에게 건네며 그의 손을 꼭 잡아준다. 시집을 가슴에 안고 통곡하는 리국봉. 그 순간, 은미의 시집이 파노라마처럼 허공에 떠돌다가 갑자기 〈굿바이 DMZ〉로 표지가 바뀐다. 표지가 바뀐 은미의 시집을 예의 주시하다가 은미 유골함을 부둥켜안고 허허허. 하…. 하, 하…. 실성한 듯 허탈 웃음을 토해내는 리국봉. 에코 되는 그의 처절한 절규! 그 광경을 지켜보며 눈물을 흘리는 조 목사, 옥 대위와 인권단체 회원들. 내·외신 기자의 열띤 취재. 국봉의 얼굴에 연신 터지는 카메라 플래시 불빛. 개안수술을 받아 두 눈은 정상이지만 처절한 모습의 리국봉. 참혹하게 일그러진 그의 표정에서—

엔딩 마크.

동아일보 신춘문예

시나리오 당선작품

떠도는 혼

"…단지 인간생명의 존엄성에 대해서 사상과 이념을 떠나서 한 번 생각해 보자는 겁니다. 석이는 아직 나이가 어린 철부지입니다. 그 아이는 자나 깨나 자신을 낳아서 길러 준 어머니만을 그리워하고 있을 뿐, 민족의 동질성이라 는 것도, 사상과 이념이라는 것도, 그 아무것도 알지 못합니다. 단지, 북에 있 는 어머니 품으로 가고 싶을 뿐입니다."

6년 만의 햇빛

〈떠도는 혼〉이라는 시나리오가 있었다. 87년 동아일보 신춘문예에 당선되자 몇몇 제작사가 침을 흘렸다. 소재의 특이성 때문일까, 아니면 이데올로기의 상징적 표현이 현실과 많은 괴리를 안고 있어서일까.

불행하게도 〈떠도는 혼〉은 그로부터 6년 동안 허무하게 떠돌았다. 이 작품이 '시대를 앞서간다.'는 이유 때문이다.

서해에 고기 잡으러 나왔다가 태풍에 밀려 남한 땅으로 떠내려온 북한 소년이 어른들의 장난 짓거리(체제의 우상놀음)에 이용당하자 표류 현장을 취재하던 신문기자가 당국에 공개탄원까지 해서 소년을 북한 쪽 어머니에게 보내려 하지만 북측은 소년이 남측의 체제논리에 의해 조작된 가공의 인물이라고 억지주장을 내세워 소년의 귀환을 거부한다. 결국, 소년은 그 충격으로 실어증에 걸리고 만다.

소년의 기구한 삶을 통해 남북 분단의 아픔을 진솔하게 담아보려 했던 작품이다.

이 작품에서 가장 문제가 됐던 점은, 태풍으로 인하여 북에서 표류해온 어린 소년을 남측이 의거 월남한 것으로 조작하여 대외선전용으로 이용하려 했다는 부분이었다.

지난 6년의 역사는, 아니 남북 분단의 첨예한 이데올로기 현장은 〈떠도는 혼〉이 감히 얼굴을 내미는 것을 허용하지 않았다. 그 북한 소년의 실존적 삶은 조국분단의 현실 앞에서 처절하게 허물어져야만 했다.

이제는 세월이 많이 변했다. 내가 아끼던 작품 〈떠도는 혼〉도 우여곡절 끝에 KBS-TV 채널을 통해 햇빛을 보게 됐다. 그동안 나의 작가수업 역시 이러저러한 정신적 갈등과 가치관 혼란의 연속이었다.

어찌 보면 '작가'라는 직업인들은 자존심 하나만으로 세상에 흔적을 남기는 '장인'이라 여겨진다. 자신의 피와 땀이 서린 작품이 제때 빛을 보지 못한 채 사장된다면 이보다 더 안타까운 일이 있으랴.

어쨌든 6년 만에 햇빛을 본 〈떠도는 혼〉처럼 나의 작가수업이 방황의 터널에서 빠져나올 날을 기다려 본다.

* 한국방송작가협회 발행

『방송작가회보』 〈회원 초대석〉 게재 (1993년 7월호)

- 표명부 (신문기자)

- 석 (11세)

- 순이 (13세)

- 김 반장 (수사반장)

- 윤 부장 (편집부장)

- 신정미 (표 기자 애인)

- 민혜경 (표 기자 처)

- 표승희 (표 기자 딸, 9세)

- 표광운 (표 기자 아들, 6세)

- 이 회장

- 박 여사 (이 회장 처)

- 황 노인 (석의 할아버지)

- 정 씨 (석의 어머니)

- 신씨 (순이 할머니)

- 사무장 (이북 5도청)

- 은선 (이 회장 딸)

- 의사

- 간부 (대한적십자사)

- 식모 (이 회장 댁)

- 마담

- 여선생

- 신문관

- 형사 1, 2, 3

- 기자1, 2, 3

- 꼬마 1, 2, 3

- 유엔군

- 북괴군

- 기타 다수

떠도는 혼

(제1부)

〈F.I〉

S#1. 바다

황혼의 망망대해. 거친 파도. 흰 포말의 이랑을 따라 출렁이는 돛단배.

S#2. 돛단배 (밤)

성난 파도에 휩싸여 악전고투하는 황 노인과 손자 '석'

S#3. 수평선

밝아오는 바다. 찬란한 여명의 물보라. 내륙으로 이어지는 수로를 따라
가면 떠오르듯 솟는 섬 하나.

S#4. 섬 (여명)

꿈틀대는 작은 섬. 검칙한 해송과 부스럼마냥 할퀸 밭뙈기가 인적을
말해 주지만 태곳적 신비로움이 가득하다.

S#5. 해변 (아침)

명사십리의 장관을 이루는 포구. 낙도 특유의 기암절벽과 풍란.

S#6. 그 일각

포말을 일으키며 부서지는 파도. 일각에 좌초되어 하늘거리는 한 척의
난파선.

S#7. 인근 지점

찢긴 돛과 조업 도구들이 여기저기 널려있다. 널빤지를 부둥켜안은 채 엎어져 있는 황 노인. 이미 호흡이 멎은 상태다. 풍랑 속을 헤매면서 당한 고초가 어느 정도였는가를 한눈에 알 수 있다. 눈을 돌리면, 지척의 바위틈에 보이는 또 다른 하나의 물체.

S#8. 바위틈

검정 고무신 한 짝. 찢긴 아랫도리. 의식불명의 소년. '석'이다. 한 차례 파도가 밀려오면 그의 얼굴에 흠뻑 젖어드는 강한 햇살. 눈자위가 꿈틀거린 것 같기도 하지만, 밀려오는 파도의 일렁임 때문이다. 이러한 화면 위에 에코 되는 여자의 날카로운 울부짖음.

정씨   (환청) 석아! 석아! 가면 안 돼! 날 두고 가면 안 돼, 석아!

나풀대는 석의 머리카락. 그의 얼굴이 현란한 햇살을 타고 스톱모션 되면서 솟아오르는 메인타이틀과 크레딧타이틀.

S#9. 절벽 아래

해송이 우거진 벼랑 밑, 바구니를 낀 여자아이가 쫄랑대며 오고 있다.

치마저고리에 초라한 모습의 '순이'다. 무척 평화롭다.

S#10. 표류지점

콧노래를 부르며 무심코 조개를 줍는 순이. 야성적이면서도 나이에 비해 숙성해 보인다. 지척의 좌초된 나룻배에 시선이 간다. 흠칫 놀라 주위를 살핀다. 황 노인이 보인다. 가만가만 흘어보다가 일순, 경악한다. 뒷걸음질로 넘어지면서 그 옆의 석이를 보고 또 한 번 기겁한다. 석이를 예의 살핀다. 그의 얼굴에 스며드는 햇살. 입술이 탄다. 석의 꿈틀거림이 순이 표정을 밝게 한다. 불현듯 벼랑 쪽으로 내닫는다.

S#11. 벼랑 밑

웅덩이로 달려온 순이. 소라껍데기에 물을 담는다. 초조하다.

S#12. 석이 있는 곳

정성 들여 물을 먹인다. 석의 찌푸려진 미간이 차츰 풀린다. 사르르 눈을 뜬다. 자신의 그림자로 햇볕을 막아주는 순이. 그녀의 표정이 금시 밝아진다. 일순, 굳어버리는 석의 동공. 주위를 두리번거린다. 그의 동공을 따라 같이 움직이는 순이의 눈동자. 벌떡 일어나려다 그만 움찔하는 석. 고통스러운 듯 다시 미간이 일그러진다. 그의 이마에 솟는 선지피. 자신의 치마를 찢어 석의 머리를 동여매준다. 언뜻 서로의 시선이 마주친다. 석은 뭔가 공포에 짓눌려있는 듯하나 순이의 표정은 오히려 감격스럽다.

석	(신음하듯) 할아버지…. 할아버지!
순이	(난처하다)

망설이는 순이. 결심한 듯 눈을 감은 채 신음하는 석을 흔들어 깨운다. 다시 정신을 차리는 석. 순이가 뒤돌아 앉아 등을 내민다.

순이	업혀!
석	(대답이 없다)
순이	(낭패인 듯 다시 흔들어 깨우며) 얘, 정신 차려! 여긴 나 혼자뿐이야, 정신 차리지 않으면 죽는단 말이야.
석	(살포시 눈을 뜨며) 동무, 동무는 누구디?
순이	뭐라고? 지금 뭐라고 불렀어?
석	동무.
순이	히히, 내 이름은 동무가 아니고 순이야, 순이. 너 이름은 뭐니?
석	석.

순이	석이? 그러니까 너희 할아버지하구 고기 잡으러 나왔다가 태풍에 밀려온 거구나.
석	(끄덕이다가, 돌연) 할아버지!
순이	(태연하게) 응, 저 옆에 계시는데 곧 정신을 차리실 거야.
석	(일어나려다 풀썩 주저앉으며) 할아버지!
순이	이 섬에는 의사도 없어. 우선 나 하고 같이 우리 집에 가자.
석	(가까스로 황 노인 쪽으로 기어가며) 할아버지!

S#13. 황 노인 있는 곳

그를 붙잡고 오열하는—

석	할아버지, 정신 차리시라요. 고깃배 부서진 걸 인민위원회에 알려야 한단 말이야요.

그의 말투에 새삼 굳어지는 순이. 탈진하여 다시 쓰러지는 석. 어이없이 보다가 가엾은 듯 그를 부축한다. 석이를 업고 한 발짝씩 이동하는 순이. 금세 엎어질 지경이다.

S#14. 산등성

산비탈을 따라 절룩이며 가고 있는 석. 그를 부축하고 있는 순이. 석이 주저앉자 순이도 덩달아 쓰러진다. 이들 너머로 한 마장쯤 물 건너 바라보이는 또 다른 섬 '소금도'

S#15. 소금도 장터

스포티한 차림에 날씬한 몸매의 선글라스가 사내의 팔짱을 끼고 온다. 온갖 해물들이 너저분하게 깔린 장터 일각을 두리번거리거나 뭐라 지껄이면서 뱃전으로 향한다. '신정미'다. 카메라를 둘러멘 사내 '표 기자'다.

S#16. 선창가

어촌냄새가 물씬 풍기는 선창. 표 기자와 신정미가 거룻배에 승선한다. 부두를 빠져나가는 거룻배.

S#17. 바다

해풍을 가르며 미끄러져 가는 거룻배. 지척에 기암절벽의 유수한 낙도 절경이 한눈에 들어온다.

정미	(소리) 아, 명부 씨 정말 멋져요!
	저 노오란 풍란꽃 좀 봐요. 휘늘어진 노송이며 붉은 기
	암절벽이 꼭 한 폭의 동양화 같아요!
표 기자	(소리) 캔버스에다 한 번 멋있게 옮겨 보라구!
정미	(소리) 우리나라에도 이렇게 아름다운 섬이 있다는 걸
	미처 몰랐어요!

뱃전에 흔들리는 표 기자와 신정미.

표 기자	(소리) 그런 깨우침의 공로자가 누구신지 알고는 있겠지?
정미	(소리) 위대한 신의 가호라고 봐야죠. 뭐….
표 기자	(소리) 천만에! 정미의 위대하신 보호자 '표명부'란 사내지.
정미	(소리) 뭐라고요? 누구 맘대로.
표 기자	(소리) 우리의 동행을 아직도 후회하나?
정미	(깔깔대며) 아이, 몰라!

S#18. 오솔길

숲속 일각. 순이와 석이 마주보고 앉아있다. 석의 얼굴에 선혈이 낭자
하다. 다시 속치마를 찢어 피를 닦아주는 순이. 경계하는 눈빛으로 본
다. 아랑곳하지 않는 순이.

석	동무래 날 억케할 셈이디?
순이	내 이름은 순이야. 동무라 부르지 말고 순이라 불러.
석	날래 말하라우!
순이	널 구해 주려고 그러는 거야. 난 나쁜 사람이 아니야.

석이, 뚫어지게 보다가 다소 안심하는 눈빛이다.

순이	넌 몇 살이니?
석	(두 손의 엄지를 나란히 세운다)
순이	열한 살?
석	(끄덕인다)
순이	응, 난 열세 살이야. 형이나 누나가 있니?
석	(도리질)
순이	그럼 너 혼자란 말이야? 쓸쓸하겠구나.
	사실은 나도 혼자뿐이야. 이 섬에는 아이들이 없어. 우리 할머니하고 단둘이 살고 있어.
석	(차츰 표정이 누그러진다)
순이	배고프지?
석	(끄덕인다)
순이	얼른 가자. 할머니가 밥도 주고 피도 안 나게 해 주실 거야.
석	(불안해하며) 할아버지는?
순이	응, 우리 할머니가 구해 주실 거야. 걱정하지 마!

일어나 다시 걷기 시작한다.

S#19. 절벽 아래

자연경관 이모저모를 카메라에 담고있는 표 기자. 돌 하나, 꽃 한 포기
에 예의 관심을 갖는 그의 진지한 표정에 들려오는—

정미   (소리) 정서가 메마른 도시인들에게 아름다운 자연의 숨
            결을 만끽하게 한다?
            호호. 그것참 멋있는 캠페인인데요….
표 기자   (계속 셔터를 누르며) 자연보호 캠페인치고 여비 주면서
            낙도 취재해오라는 건 여태껏 처음이야.
정미   (바위에 붙은 굴을 따며) 거기다가 애인까지 따라붙었으
            니 금상첨화군요.
표 기자   (소리) 그런 셈이지.

S#20. 방 안

순이가 밥상을 들고 들어온다. 수건으로 머리를 싸매고 누워있는 석.
가까스로 일어나 앉는다.

순이	먹어!
석	(순이 얼굴과 밥상을 번갈아 본다)
순이	먹으라니까.
석	(흰 쌀밥에 어리둥절한 표정)
순이	왜 그러니?
석	(침을 꿀꺽 삼킨다)
순이	밥을 먹으면 힘이 날 거야. 어서 먹어!

힐끔 눈치를 보다가 미친 듯이 밥을 퍼넣는다. 애처로이 지켜보는 순이의 표정에서—

S#21. 산비탈

화사하게 피어있는 진달래꽃. 그 꽃을 배경으로 요염하게 웃고 있는 선글라스 신정미.

정미	명부 씨는 어느 쪽에 설래요?
표 기자	(소리) 정미 머리 위에….
정미	뭐라고요?
표 기자	(소리) 자 간다. 꽃처럼 활짝 웃으라고!

카메라 자동셔터를 누르고 뛰어오는 표 기자. 엉거주춤 정미를 감싸는

순간, 둘 다 미끄러져 아래로 나뒹군다. 기겁하는 정미. 그러나 이미 포옹하고 있다. 주고받는 뜨거운 눈빛. 긴 입맞춤.

S#22. 방 안

석이 잠들어 있다. 물수건으로 그의 이마를 짚어주는 순이, 지척에서 들려오는 징소리 연타음. 순이의 볼에 눈물이 글썽이며,

순이   (소리) 석아 너희 할아버지는 돌아가셨어. 지금 우리 할
               머니가 너희 할아버지 천당에 가시라고 용왕님한테 치
               성을 드리고 있는 거야!

정적을 깨트리는 징소리.

S#23. 표류지점

황 노인의 시체를 둘러싸고 많은 사람이 웅성대고 있다. 정·사복 차림의 수사요원이 바쁘게 움직인다. 수다를 떨며 플래시를 터트리는 사진사.

사진사   자, 저리 좀 비켜요! 이거 원, 사진을 찍을 수가 있나.

형사1	다들 저쪽으로 물러나요. 해 떨어지기 전에 수사를 끝내야 하니까요.

늙은 의사의 검진이 계속된다. 안경테 너머 의사 눈빛이 수사반장을 향해 도리질하자 김 반장, 끄덕인다. 이런 광경을 낱낱이 카메라에 담는 표 기자. 시체를 외면하며 얼굴을 찌푸리는 정미. 표 기자가 수사요원들과 뭔가 쑥덕이며 열심히 메모한다.

김 반장	(다른 형사에게) 이봐, 그 꼬마 녀석을 빨리 수색해 봐. 그 용왕 할머닌가 뭔가 하는 노인한테 수소문해서 말이야.

뭔가 낌새를 알아차리고는 정미의 팔목을 낚아채 그곳을 빠져나가는 표 기자.

S#24. 비탈길

순이와 석이 손을 잡고 비탈길을 오른다.

순이	(소리) 우리 할머니는 용왕님허구 얘기도 할 줄 안다. 용왕님한테 빌면 용왕님이 모든 소원을 다 들어 준다고 했어!
석	용왕님이 뭐이가?

순이	우리 할머니를 도와주는 신령님이야. 마음이 착하고 좋은 일을 하는 사람들을 데려다가 옷도 주고 선물도 많이 준다고 했어!
석	용왕님이 어드메에 살어?

S#25. 신당 입구

절벽 아래 군데군데 돌무덤이 쌓여있고, 신당으로 통하는 길목에 신기가 나부끼고 있다. 순이가 앞장서서 신당 안으로 들어가자, 겁먹은 듯 멈칫하는 석.

순이	들어와. 아무렇지도 않아. 여기가 바로 우리 할머니가 용왕님을 만나는 곳이야.
석	어뜩케 만나?
순이	(징을 치켜들며) 이 징을 치면 용왕님이 나타나서 (근엄하게) "용왕님네 용왕님네, 그저 무식허구 천지조화를 알지 못하는 이 천박한 것들을 굽어살피시어 징용 간 내 남편 좀 불러줍시오!"

순이의 동작을 보다가 그만 웃음을 터트리고 마는 석. 순이도 깔깔댄다. 창호지에 그려진 무신의 흉상.

S#26. 순이네 집

닭 한 마리가 홰를 친다. 사복형사의 얼굴이 집 안으로 불쑥 들어온다.
여기저기를 샅샅이 뒤진다.

S#27. 산등성

헐레벌떡 표 기자가 올라오고 있다. 먼발치에서 죽을 쌍으로 뒤따라오
는 정미. 표 기자, 풀썩 주저앉는다.

정미	(소리) 섬에 무슨 꽃이 피어있고, 어떤 벌레가 살고 있는 지를 취재하러 온 사람이 글쎄 사람 죽은 일에는 왜 뛰어드는 거예요?
표 기자	이건 예삿일이 아니야!
정미	(힘겹게 올라오며) 그건 엄연히 사회부 기자가 할 일이에요. 명부 씨는….
표 기자	모르면 가만히 입 다물고 나 있으라고!
정미	(표 기자 턱밑에다 대고) 그래, 대체 어쩌겠다는 거예요?
표 기자	이봐, 이 사건은 특종이야, 특종!
정미	(어리둥절하며) 특종이라뇨?

S#28. 신당 안

타오르는 불꽃. 모닥불을 지피며 순이와 석이 마주 앉아있다.

순이   난 여기가 우리 집보다 더 좋아.

석   안 무서워?

순이   뭐가 무섭니? 용왕님이 보살펴 주는데….

석   (의아한 표정)

순이   네가 사는 동네는 무섭니?

석   (끄덕인다)

순이   뭐가 그렇게 무서워?

석   인민위원회 털보동무하고, 인민학교….

순이   호, 호, 털보. 그 사람이 뭔데?

석   우리 할아버지가 고기를 많이 못 잡아 온다고 그 동무
         가 못살게스리 괴롭히고, 배급도 적게 주고….

순이   무슨 배급을 주는데?

석   밥 공장에 가믄 너줄이 줄을 서서 밥을 타는데 우리처럼
         빽이 없는 사람은 맨 꼴찌로 주고, 밥도 쥐 밥 만큼 준다.

순이   그렇게 적게 줘? 그럼 항상 배가 고팠겠구나.

석   (끄덕인다)

순이   (골몰이 생각하다가) 여긴 산에 가도 먹을 것이 많아. 석
         아 삐삐 뽑아먹으러 갈래?

석   (끄덕인다)

떠도는 혼   151

S#29. 산비탈

순이와 석이 그 비탈을 오르고 있다. 숨이 차다.

S#30. 인서트

카메라 프레임에 잡히는 순이와 석.

S#31. 반대편 능선

확 밝아지는 표 기자의 눈빛.

표 기자	정미, 저길 좀 봐!
정미	(선글라스를 벗으며) 뭔데요?
표 기자	찾았어. 저쪽 산비탈에 있잖아!
정미	꼬마들 말이에요?
표 기자	그래, 바로 저 애들이야.

S#32. 능선 일각

도토리나무가 몹시 흔들린다. 순이의 새끼줄 그네가 허공으로 치솟는다. 신기한 듯 보고 있는 석.

순이	(소리) 넌 그네 탈 줄 아니?
석	(도리질)
순이	그런 것도 못해?
석	단심줄놀이는 많이 했어.
순이	그게 뭔데?

S#33. 고목나무 (회상)

고목나무에 여러 가닥의 새끼줄을 매달아 놓고, 아이들이 줄 끝에 매달려 빙빙 돌고 있다. 그 대열에 끼어있는 석. 아이들은 주먹을 허공에 내려치면서 돌고 돈다. 그러면서 뭔가 구호를 외친다. 선동적이고 전투적인 동작들이다. 석의 발악적인 표정에서—

S#34. 숲 속 일각

더블 되어지는 표 기자의 얼굴. 이들의 행동을 예의 살피면서 카메라 셔터를 연신 누른다. 호기심 어린 눈빛으로 보는 정미. 그녀 역시 표 기자가 되뇌는 말을 곁에서 메모한다.

S#35. 산비탈

진달래꽃이 만발하다. 순이가 그 꽃으로 월계관을 만들어 석이에게 씌워 준다. 양 손바닥을 펼쳐 보이며―

순이   (다정스럽게) 자, 내 손바닥이 거울이야. 멋있는가 한 번
        들여다봐!

석   (씨익 웃는다)

순이   (물끄러미) 석이 넌 마음이 착한 사람같이 보여.

석   왜?

순이   우리 선생님이 그러는데 저기 북쪽에 사는 공산당은 모
        두 나쁜 사람들이랬어.

석   (긴장한다)

순이   우리 할아버지도 북쪽 사람들이 잡아갔대.

석   무시기?

순이   우리 할머니가 징용에 끌려간 우리 할아버지를 내놓으
        라면서 날마다 북쪽을 향해 치성을 드린단 말이야. 북
        쪽 공산당은 나쁜 사람들이야!

석   (벌떡 일어나 노려보며) 우리는 나쁜 사람이 아니야!

순이   그런데 왜 우리 할아버지를 잡아갔지?

석   거짓말!

순이   공산당이니까 그렇지?

석   (눈을 부라린다)

순이	(태연히) 우리 선생님이 공산당은 나쁘다고 했어.
석	(월계관을 집어 던지며 버럭) 동무, 동무는 지금 반동적인 발언을 했어!
순이	(일순 굳어져 버린다)

S#36. 숲 속 일각

표 기자의 카메라에 포착되는 장면, 장면들. 심각해지는 그의 표정에서―

표 기자	아무래도 이상한데.
정미	뭐가요?
표 기자	서로 다투는 모양이야. 아주 사이가 좋은 것 같더니 만···.
정미	형사들한테 알리지 않아도 되겠어요?
표 기자	이건 특종이라고! 누구한테도 양보할 수 없어. 남과 북의 순수한 만남! 두 어린이의 만남은 곧 때 묻지 않은, 사상과 이념을 초월한 숭고한 만남이란 말이야. 이 극적인 장면을 놓쳐서는 안 돼!
정미	그런데 왜 저 아이들이 다투는 걸까요?
표 기자	잠시만 기다려보면 알 수 있을 거야.
정미	(긴장하며) 어, 내려가는데.

S#37. 내리막길

순이와 석이 다정스럽게 손을 잡고 내려오고 있다.

순이	석인 노래할 줄 아니?
석	노래도 못하는 바보가 어딨어.
순이	(흥얼거리듯) "푸른 하늘 은하수 하얀 쪽배에 계수나무 한 나무 토끼~" 난 이 노래가 참 좋아. "돛대도 아니 달고~" 같이 불러!
석	(오히려 석이가 신나게 부른다)
순이	너도 이 노래 아는구나!?
석	윤극영 동무가 만든 '반월가'는 유치원에서 배웠어!
순이	북한에서는 '반달'을 '반월가'라고 하는구나! 이제 석이가 제일 좋아하는 노래 한번 해봐!
석	(망설이다가 악을 쓰듯) "우리는 혁명가의 아들딸 원쑤의 가슴에 불을 지르자~"
순이	뭐라고? 그것도 노래니?
석	유치원에서 가르쳐 준 거야.
순이	그런 거 말고, "태극기가 바람에 펄럭입니다~", "산토끼 토끼야 어디를 가느냐~" 그런 거 말이야!
석	(이해할 수 없는 도리질)

〈반달〉 노래가 순이와 석의 엇갈린 표정에 깔린다.

S#38. 그 일각

석이와 순이의 눈을 피해 요리조리 은폐하면서 그들의 뒤를 따르는 표기자. 그의 허리띠를 붙들고 허리를 굽혀 은밀히 따라붙는 정미. 긴장된 표정들이다.

S#39. 해변

바위 위에 나란히 앉아 바다를 주시하고 있다. 이들의 뒷모습에서—

순이   (소리) 우리 엄마, 아빠는 저기 먼 나라에 가셨는데 돈
             많이 벌어서 날 데리러 온다고 했어!
석   (소리) 오마니가 어드메 갔어?
순이   (소리) 몰라.

S#40. 동 바위

수상한 순이의 표정. 목울대를 타고 오르는 석의 망연한 눈빛에서—

순이   너도 엄마, 아빠가 없니?
석   내래 오마니만 있어.

떠도는 혼   157

순이	아빠는?
석	(알 수 없는 도리질)
순이	너도 아빠가 없는 모양이구나.
석	배 타고 남쪽 나라로 갔서.
순이	(긴장하며) 아니, 우리나라에 살고 있단 말이야?
석	여기가 남조선임메?
순이	남조선이 뭐니, 남한이지…. 너희는 우리나라를 남조선 이라 부르니?
석	(끄덕인다)
순이	(머쓱한 표정)

S#41. 인서트

텔레타이프에 찍혀져 나오는 기사 송고문.
(자막) "11세 소년 북에서 표류해오다. 서해안 ○○지점 무인도에서 한 소녀의 도움으로 목숨 건져—. 소년과 같이 표류해 온 노인은 숨져—. 합동수사반 출동, 조사 중—"

S#42. 몽타주

기사 작성에 몰두하는 표 기자. 윤전기에서 쏟아져 나오는 신문. 신문을 들추는 심각한 표정의 시민들. 거룻배로 끌려가며 발버둥 치는 순이와 석. 울부짖으며 몸부림치는 순이.

순이 　　　할머니이…. 할머니! 난 안 갈래요! 우리 할머니를 만나게 해 달란 말이에요. 할머니이.

안타까운 장면, 장면을 카메라에 담는 표 기자, 함초롬히 젖어드는 석의 눈망울. 발버둥 치는 순이의 몸부림에, 그 모습들이 시민의 표정, 표정에 부감 된다.

S#43. 바다

소금도를 벗어나는 여객선. 검푸른 파도에 여울지는 순이의 울부짖음.

표 기자 　　(소리) 순이라는 아이를 꼭 데려가야 합니까?
김 반장 　　(소리) 조사가 끝날 때까지는 어쩔 수 없이 증인으로 묶어두어야 하니까요.
표 기자 　　(소리) 하긴, 유일한 증인은 그 아이니깐 별도리가 없겠군요.
김 반장 　　(소리) 어떻게 보면 참 기특한 아이들이지요.

S#44. 갑판 위

흠뻑 젖어있는 석의 눈망울. 소금도로부터 눈길을 떼지 못한 채 망연히 서 있다.

황 노인　　　(환청) 석아, 죽어서는 안 돼. 살아서 꼭, 꼭 자유를 찾아야 한다.

석　　　　　(떨리는 소리) 할아버지, 할아버지 무서워. 나 혼자 두면 무섭단 말이야요!

S#45. 선실 안

기사를 작성하고 있는 표 기자. 그 옆에서 돕는 정미. 심각한 표 기자의 얼굴에 스며 드는―

김 반장　　　이 사건은 좀 더 거시적인 안목에서 처리되어야 한다고 생각합니다. 이를테면 '나무와 숲'의 이론에다 비유해 봤을 때, 숲을 바라보는 안목으로 이 사건을 이해하자 이 말입니다.

표 기자　　　그게 무슨 뜻이죠?

김 반장　　　뭐 특별히 의미를 부여하자는 건 아닙니다만, 남과 북의 이해관계로 봤을 때 가급적이면 심사숙고해서 이 문제를 처리하자 이 말입니다.

형사2 언론 쪽에서는 이미 방향을 잡았을 걸요?

담배 연기를 말아 올리는 표 기자. 망연한 그의 눈빛. 덩달아 담배에
불을 붙인다.

정미 특종은 특종인데 좀 더 스릴있게 꾸며 보자는데 고민이
   생기나 보죠?

표 기자 그게 아냐.

정미 아니면 독자의 궁금증을 신문기자의 노력으로 메꾸어보
   자는 심산인가요?

표 기자 그게 아니라니까….

정미 그렇담 대체 뭣 때문에 고심하냔 말이에요?

표 기자 (환상에서 깨어나듯) 바로 그거야! 그 모습에서 한이 서
   린 마음을 읽을 수 있었어!

정미 아니, 한이 서리다뇨?

표 기자 (동공이 멈춘다)

S#46. 표류지점 (회상)

합동수사반의 현장검증이 진행되는 동안 황 노인의 얼굴을 예의 살펴
보는 표 기자. 뭔가 석연찮은 그 눈빛에서—

떠도는 혼

황 노인   (환청) 우리 석이를, 석이를 남조선으루 데려다주구레!
          자유의 땅에서 편히 살 수 있도록 도와주시구레!

S#47. 동 선실 안 (현실)

정미, 이상하다는 듯 표 기자의 얼굴을 읽는다. 담배 연기를 길게 내뿜
으며, 다시 기사를 쓰기 시작하는 표 기자.
여기에 스며드는 텔레타이프의 전동기의 요란스런 소리.

S#48. 데스크

침울한 표정의 윤 부장. 그의 떨리는 눈빛에서—

S#49. 정판부

판을 짜는 바쁜 손놀림. 1면 머리글에 대서특필된, 큼직한 석의 얼굴
과 짧막한 서브타이틀이 부각되면서—

(자막) '11세 소년 자유 찾아 의거 월남'

S#50. 다른 별실

마취된 듯 석이 잠들어 있다. 표 기자, 들어와 석의 얼굴을 예의 살핀다. 극히 평온하다. 그의 눈빛에 스며드는 허전함.

표 기자 (마음의 소리) 넌, 넌 자유를 찾아서 의거 월남한 용감한 투사야! 어떤 연유로든 너에겐 또 하나의 운명이 새로 주어지는 거다. 그것이 너의 생애에 밝은 빛이 될지, 아니면 비극의 수렁이 될지 알 수는 없지만 말이야! 때로는 인간의 운명이 인간의 손에 의해서 재창조되는 일도 있거든….

S#51. 데스크

검은 테 안경의 윤 부장이 수화기를 어깨에 걸치고 뭔가를 열심히 메모한다. 연신 담배 연기를 내뿜으며—

수화기 (소리) 네, 현재 물증으로 봐서 북에서 온건 확실합니다…. 글쎄요, 그건 우리 측에서 일방적으로 단언할 수는 없지만, 하여튼 이 사건은 좀 더 거시적인 안목으로….
윤 부장 거시적이고 뭐고 간에 이 사람아. 일단 기사가 나갔단 말이야. 특종으로 기사가 터졌어. 한 번 터진 내용을 다시 번복하고 나선다면 사람들 웃음거리가 된단 말이야.

수화기	(소리) 그건 번복이 아니라 사실의 재확인일 뿐이라 구요!
윤 부장	여하간에 특종으로서의 가치는 상실될 수밖에 없어!

S#52. 선장실

충혈된 눈빛의 표 기자.

표 기자	미확인 보도는 얼마든지 있을 수 있질 않습니까.
수화기	(소리) 그러니까 처음부터 신중하게 사건을 파고들었어야 할 거 아니야. 책임소재가 뒤따르는 문제니깐 신중하게 일을 처리하라고. 언론의 양심을 저버리지 말고 말이야!
표 기자	일단, 이 문제에 대해서는 부장님이 간섭하지 마십시오.
수화기	(소리) 간섭이 아니야. 자네의 알량한 자존심이 비위가 상한단 말이야.
표 기자	하여튼 두고 보십시오. 기대에 어긋나지는 않을 테니깐⋯.

신경질적으로 담배를 비벼끄며 밖으로 확 나간다.

S#53. 뱃머리

머리카락을 날리는 정미. 바다의 정취에 흠뻑 젖어있다. 뱃전에 부서지는 파도. 그 파도의 일렁임.

석   (환청) 할아버지, 할아버지, 무서워요. 집에 가고 싶단
            말이야요!

불현듯 뒤를 돌아본다. 아무도 없다. 그의 허전한 눈빛에—

S#54. 선실 안

몹시 굳어져 있는 표 기자의 안색. 경련이 일고 있다.

윤 부장   (소리) 이 친구야. 뭣 때문에 자네가 십자가를 지려고 그
            래? 언론의 양심을 저버리지는 마라!
표 기자   (마음의 소리) 언론의 양심이라고요? 그게 특종을 위해
            서만 존재하나요? 언론의 양심보다는 인간 본연의 양심
            이 더 소중합니다. 석이를 위해서 내가 할 일은 그에게
            진정한 자유를 찾아주는 겁니다. 최소한의 자신의 양심
            과 도의적인 입장에서 말입니다….

괴로운 듯 맘속 갈등에 젖어드는 표 기자.

S#55. 몽타주

허공을 치닫는 순이 얼굴. 그 아래에서 웃고 있는 석. 그네에 매달린

순이를 밀어주는 석의 밝은 표정. 진달래꽃 월계관을 씌워 주는 순이. 만면에 미소를 짓는 석. 황 노인을 부둥켜안고 오열하는 석. 석이 불현듯 월계관을 냅다 팽개친다. 바다를 향해 바위 위에 나란히 앉아있는 순이와 석. 이러한 장면이 인터컷 되면서—

S#56. 하늘

비상하는 갈매기떼.

S#57. 바다

용트림하듯 바다를 수놓는 스크류의 항적.

S#58. 항구

무거운 입항 정적소리. 부두에 계류되는 여객선.

S#59. 연안부두

선착장으로 몰려드는 보도진들. 사복형사를 따라 배에서 내리는 석.

그 대열에 끼어 부산히 내리는 표 기자와 정미. 작렬하는 플래시 세례.
석을 향해 몰려오는 취재용 마이크들. 보도진들의 아우성. 일순, 뻥해
지는 석. 뒤따라 나오는 순이 역시 굳어있다. 표 기자와 정미에게도 취
재팀들이 몰려든다. 한사코 얼굴을 피하는 정미. 아수라장으로 변하는
연안부두.

S#60. 연안부두 도로변

검은 세단이 급히 와 멎는다. 부리나케 내리는 검은 테 안경의 윤 부장
이다. 그를 발견하고 표 기자 달려온다. 포옹하듯 굳은 악수를 나누며—

윤 부장	수고 많았어!
표 기자	부장님이 여기까지 나오시다니 영광인데요.
윤 부장	특종이야 특종!
표 기자	감사합니다.
윤 부장	지금 국내 언론들이 우리 때문에 초비상이야.
	표명부 바로 자네 특종 때문에 말이야!
표 기자	하지만 맘이 편칠 않은 걸요,
윤 부장	뭐야? 이 사람아 내가 주는 약은 항시 쓰다는 걸 알잖아!
표 기자	부장님을 탓하는 얘기가 아니고요…. 나중에 말씀드리죠.

두 사람 승용차에 올라 사라진다.

S#61. 백화점 입구

선물을 잔뜩 사 들고 나오는 표 기자. 인파를 헤집고 택시를 잡는다.

S#62. 골목

표 기자, 뛰다시피 바쁜 걸음으로 온다. 밝은 표정이다. 문득 자신의 호주머니를 뒤진다. 뒷주머니에서 빨간색 손수건을 꺼내 힐끔 냄새를 맡아본다. 묘한 기분에 씽긋 웃는다. 그 손수건을 바람에 날려 보낸다. 나풀거리는 손수건에서—

정미   (깔깔대는 소리) 아, 꿈만 같은 시간이었어요. 정말 재밌
           었다고요. 그 특종인가 뭔가 때문에 정신은 없었지만 말
           이에요. 우리의 허니문을 사모님이 아시면 어떡하죠?
           혹시 잠꼬대하면서 제 이름을 부르는 거 아녜요? 농담
           이고요…. 여하튼 동반자로 대우해 주셔서 고마워요. 또
           연락해요. 명부 씨. 기다릴게요. 안녕!

S#63. 엘리베이터 안

벽면 거울에 비치는 표 기자의 얼굴. 그을린 안면을 펴 보이며 허니문

의 흔적을 지우려고 애쓴다. 선물에 눈이 쏠린다. 의기양양한 그의 표
정에서—

S#64. 문 앞

초인종을 누른다. 안쪽에서 경쾌하게 들려오는 소리.

혜경   (소리) 누구세요?

표 기자   응, 서방님께서 오셨지.

현관문이 열리며 뛰어나오는 혜경.

혜경   여보, 미리서 전화 좀 주시지 않고. 축하해요! 신문에서
                   봤어요. 당신 기사. 어떻게 그런 어려운 일을 하셨어요?
                   (선물을 받으며) 어머나, 선물까지….
                   (안방을 향해) 애들아, 아빠 오셨다.

승희   (뛰쳐나와 안기며) 아빠!

표 기자   어이구, 우리 딸 잘 있었어? 엄마 말씀도 잘 듣고.

승희   아빠, 왜 이렇게 늦게 와?

표 기자   우리 승희가 아빠한테 하고 싶은 얘기가 있었나 보지?

승희   그냥, 보고 싶었단 말이야!

표 기자   그랬어? 아빠도 승희가 무척 보고 싶었어요.

	(집안을 둘러보며) 우리 광운이는 밖에 놀러 나간 모양이지?
혜경	제 방에서 놀고 있나 봐요.
	(방을 향해) 광운아! 아빠 오셨는데 나오지 않고 뭐해.
표 기자	(광운이 방으로 들어가며) 광운, 우리 아들 어딨어?

S#56. 광운의 방

천연덕스럽게 잠들어 있다. 여린 눈빛으로 보는 표 기자. 선물을 광운 머리맡에 놓는다. 그리고는 혜경을 본다. 행복한 미소에서—

S#66. 샤워장

쏟아지는 물줄기. 표 기자, 샤워를 한다. 그 물소리에 환청 되는 날카로운 석의 목소리.

석	(환청) 할아버지, 할아버지! 우리 할아버지를 뉘기레 죽였디, 뉘기야요?

S#67. 비존

소금도 보건소 응급실. 황 노인의 시체를 부검하고 있는 의사와 수사

요원들. 표 기자의 플래시. 김 반장의 굳은 침묵을 깨트리고 마는 석의
울부짖음.

석   우리 할아버지를 뉘기레 죽였냔 말이야요?
           (김 반장에게 매달리며) 날래 말 안칸?
           (황 노인을 보다가 스스로 목이 메어) 동무래 죽였디?
           우리 할아버지를 동무래 죽였디?
김 반장   (측은한 듯 도리질)
석   (표 기자에게 달려들며) 동무래 죽였디?
표 기자   (역시 측은한 눈빛으로 도리질한다)
석   (김 반장을 쏘아보며) 동무래 분주소에 끌려가서 골싸박
           을 깨티고 싶간?
           (황 노인을 붙들고 오열한다) 할아버지, 할아버지….

검진 의사의 안타까운 눈빛에서—

S#68. 샤워장

벽면 거울에 투영되는 일그러진 표 기자 얼굴.

S#69. 응접실 (밤)

가운을 걸친 표 기자, 신문을 들춰본다. 큼직한 석의 얼굴이 톱기사로 실려 있다. 착잡한 표정으로 본다. 살포시 웃고 있는 석. 그러나 표 기자의 눈에는 석이 울고 있는 것처럼 환영으로 떠오른다. 다시 석의 얼굴에 에코 되는 황 노인 목소리.

황 노인   (환청) 석아, 석아 닌 죽어서는 안 돼! 살아서 꼭, 자유
          를 찾아야 해!

표 기자 괴로운 듯 담배에 불을 붙인다. 혜경이 차와 과일을 들고나온다.

혜경   당신 안색이 영 안 좋은 것 같네요. 어디 몸이 편찮으세요?
표 기자   아니야, 괜찮아!
혜경   그런데 여보, 그 철없는 아이가 뭘 안다고 자유를 찾아
          왔다면서 어른 같은 말을 해요? 북한 아이들도 우리 쪽
          애들처럼 철이 일찍 드나 보죠?
표 기자   ······.
혜경   당신이 그 아이하고 직접 대화도 해봤어요?
표 기자   당연하지. 석이라는 아이의 일거일동을 내 카메라로 모
          조리 잡았으니까···.
혜경   섬에 산다는 여자아이랑 같이 있는 걸 말이죠?
표 기자   그럼···.

혜경	참, 세상을 살다 보니 별 희한한 일도 다 있네.
	글쎄, 영화에서나 볼 수 있는 일이지 원, 어떻게 남한
	어린이하고 북한 어린이하고 나란히 만나서, 그것도 남
	자아이와 여자아이가 말이에요. 재밌게 노는 걸 찍었다
	니···. 당신도 재주가 좋구려!
표 기자	하지만 맘이 편칠 않아.
혜경	왜요?
표 기자	(석의 사진을 보며) 내가 이 아이를 잡아두는 꼴이 되어
	버렸어!
혜경	무슨 말이에요?
표 기자	(담배 연기에 휩싸이는 고통스러운 표정)
혜경	당신 때문에 뭐 잘못된 일이라도 있어요?

표 기자의 침통한 표정. 그에게 차를 권하는 혜경의 불안한 눈빛.

S#70. 연안부두 (비존)

표 기자의 손을 덥석 잡고 격려하는 검은 테 안경의 윤 부장.

윤 부장	(소리) 특종이야, 특종! 표명부, 자네 특종 때문에 지금
	국내외 언론들이 초비상이 걸렸단 말이야!

S#71. 몽타주

카메라를 둘러멘 표 기자가 인파에 휩쓸려 오고 있다. 길바닥에 널려진 조간신문들. 신문, 신문마다 박혀 있는 석의 얼굴. 그 얼굴을 예의 본다. 또 다른 신문에 순이가 활짝 웃고 있다. 그네를 타는 순이와 석의 모습. 석의 머리에 월계관을 씌어주는 순이. 다시 울고 있는 석. 소금도 뱃전에서 울고 있는 순이. 이러한 사진들이 인터컷 되며, 바람결에 스쳐 가듯 한다.

윤 부장	(소리) 언론의 양심을 저버리지 말라고! 신문쟁이는 나를 지켜보는 모든 인간의 눈과 귀와 입이 되어주어야 한단 말이야. 그러기 위해서는 신문쟁이답게 사명감을 가지고 사건의 진상을 명백하게 파헤쳐야 한다는 거야. 사건을 왜곡하거나 개인의 단순한 사리판단에 의해 신문기사 내용이 불확실해져서는 안 된단 말일세!
표 기자	(소리) 미확인 보도는 얼마든지 뺄 수 있는 겁니다. 이 문제에 대해서는 모든 책임을 제가 지겠다고요!

담배를 꼬나쥔 그의 손이 부르르 떨리고 있다. 다시 어디론가 가는 표 기자.

S#72. 취재부

동료 기자들이 웅성대며 특종으로 기재된 순이와 석의 사진 화보를 들여다보고 있다. 이때 표 기자 들어온다.

기자1   야, 그림 정말 멋있게 뽑았는데?

기자2   표 형, 이제사 실력발휘를 톡톡히 했군. 그래.

기자3   사람 팔자 알 수 없단 말이야!
         서해5도 취재 안 가겠다고 서로 발뺌하더니만 결국 표
         형이 대어를 낚았지 뭐야. 역시 사람이란 양심 쓰는 대
         로 복이 굴러 오나 봐!

표 기자   모두 다 선후배님들 덕분 아닙니까. 하여튼 과분한 칭찬
         고맙습니다.

기자1   오늘만큼은 특별히….

기자2   쩍 한 잔 걸쳐야지?

기자3   표 형의 특종을 축하하는 의미에서….

표 기자   감사합니다.

S#73. 신문실

수사기관 신문실. 석과 마주 앉아있는 조사관. 석의 표정이 굳어있다.

신문관	(에코음) 할아버지 이름은? 할아버지가 남쪽으로 가자
	고 했는가? 어머니 이름은…. 어머니는 지금 북한에 살
	고 있는가? 아버지 이름은? 아버지 이름은?

녹음테이프가 돌아가고 있다. 그 옆에서 상냥한 미소로 석에게 과자를 권하는 여자신문관. 그러나 석의 눈빛은 경련을 일으키고 있다. 겁에 질린 듯한 표정이다. 긴장감이 감돈다.

S#74. 거리 (밤)

비가 쏟아진다. 비닐우산 하나가 비틀거리며 오고 있다. 우산 밑에 두 사람이 서로 어깨를 끼고 흥얼거린다. 몹시 취해 있다.

표 기자	(소리) 언론의 사명이고 뭐고 다 좋다 이 말이야.
	그렇지만 책에 적혀있는 대로 안 되는 게 세상살이 아
	냐? 나도 앞뒤 가릴 줄 알고, 물인지 기름인지 다 분간
	할 수 있단 말이야. 그런데 뭐야. 뭐, 나더러 그 사건에
	대해서 책임을 져라. 뭐, 왜 네가 멋대로 기사 내용을
	바꾸느냐.
	'표류'라고 했다가 왜 의거 월남이라 했느냐. 그걸 누가
	지시한 거냐. 스스로 판단해서 쓴 거냐. 확실한 증거라
	도 있나? 도대체 뭐가 뭔지 모르겠어!

기자1	(소리) 이봐, 배짱으로 밀고 나가는 거야! 신문쟁이는 말이야, 오기와 배짱 빼놓으면 시체야.
표 기자	(소리) 누가 그랬어?
기자1	(소리) 소크라테스가 한 말을 내가 읊었지!
표 기자	(소리) 그래, 그래 사나이는 배짱이야! 모든 걸 내가 책임진다고 했어. 아니야, 사실은 나 자신이 그 석이라는 아이를 책임지고 싶었어.
기자1	(소리) 책임지구 싶었다니, 그게 무슨 소리야?
표 기자	(소리) 그 애 할아버지 얼굴에 분명히 씌어있었단 말이야. 내 눈으로 분명히 확인 했다구!

S#75. 비존

황 노인이 좌초된 지점. 널빤지를 부둥켜안은 채 엎어져 있는 황 노인. 햇살에 반사되어 평화롭다. 그 얼굴에 에코 되는—

| 황 노인 | (환청) 석아, 석아 니는 죽어서는 안 돼! 살아서 꼭 자유를 찾아야 한다. |

S#76. 거리 (밤)

더욱 거세게 쏟아지는 빗줄기. 검칙하게 드러나는 표 기자의 얼굴. 눈물인지, 빗물인지 분간할 수 없이 흠뻑 젖어있다. 둘 다 목이 터져라 노래를 부른다.

표 기자, 기자1　　(노랫소리) "인생은 나그넷길 어디서 왔다가~"

S#77. 기자 회견장

카메라에 포획되는 '의거 월남 소년 이석 기자회견' 현수막. 연신 터지는 플래시 불빛. 연단에 서 있는 석. 뻥해져 점점 굳어지기 시작하는 그의 표정. 기자들의 질문이 쇄도한다.

질문　　(소리) 어머니가 평소에도 석이한테 남쪽으로 가라는 이야기를 한 적이 있습니까?

석　　(어리둥절하다가 도리질)

질문　　(소리) 그러면 단순히 할아버지 때문에 남쪽으로 오게 된 겁니까?

석　　(짐짓 머뭇거리다가) 태풍이 우리를 끌고 왔습네다!

기자들의 의미 있는 웃음. 회견장을 가득 메운 내외신 기자들. 카메라 세례. 그 가운데 끼어있는 표 기자와 김 반장, 순이, 데스크 윤 부장. 그들의 얼굴, 얼굴에서—

질문	북한보다 우리 남한이 더 잘살고 있다는 걸 북한 어린이
	들은 알고 있습니까?
석	(알 수 없는 도리질)

기자들의 안쓰러운 표정. 몰려드는 플래시 불빛에 점점 굳어지는 석. 표 기자 안경테 너머 동공이 경련을 일으킨다. 급기야 사색으로 변하는 석의 얼굴, 동시에 울상으로 변하는 순이. 석이와 순이의 눈길이 마주친다. TV 카메라가 이들을 포획한다.

S#78. TV 화면 (인서트)

굳어진 석의 얼굴과 순이의 얼굴이 커트 백 되면서 흔들리기 시작하는 기자 회견장. 넋을 잃은 듯 석이에게서 눈길을 떼지 않는 순이. 제자리에서 일어나 연단을 향해 석이에게로 간다. 일순, TV 화면이 정사진으로 바뀐다. 석이와 순이의 다정스런 모습, 모습들로 바뀐다.

S#79. 동 기자 회견장

순이의 급작스러운 행동에 그만 입을 다문 채 초조하게 보고 있는 회견장 참석자들. 표 기자, 바싹 긴장한다. 목울대를 추스르며 동태를 살피는 김 반장. 순이, 석에게 다가가 마주 본다. 석이의 손을 꼬옥 잡아준다. 새삼, 용기를 얻는 듯한 석. 연신 터지는 플래시. 석의 눈빛이 기자들을 향한다. 다시 순이의 표정을 살핀다. 뭔가 호소하는 듯한 순이 눈빛. 그 순간 석의 양팔이 치솟으며 에코 되는 음성.

석   (울상으로) 대한민국 만세! 대한민국 만세! 만세!

눈물을 글썽이는 순이. 표 기자 역시 몹시 충혈되어 있다. 보이지 않게 한숨을 내쉬는 김 반장. 석, 다시 순이를 본다. 감격스럽기만 하다. 기자들로부터 우레와 같은 박수가 터져 나온다. 연신 터지는 플래시 불빛.

S#80. 짧은 몽타주

TV 앞에 몰려든 각양의 사람들, 전자제품 가게 앞에서, 직장에서, 방송국의 모니터실에서, 경로당의 노인들, 초등학교 시청각 교실에서, 석이와 순이의 무인도에서 찍힌 사진들이 인서트되거나, 기자회견 장면이 인터컷 된다.

S#81. 현상실

수북이 널려있는 사진들. 표 기자가 불빛에 필름을 비춰보며 뭔가를 찾는다. 대부분 석이와 순이의 사진들이다.

S#82. 인서트 (사진)

석에게 진달래꽃 월계관을 씌워주며 활짝 웃는 순이. 바다를 향해 바위 위에 나란히 앉아있는 순이와 석의 뒷모습에서, 길게 여울지는 〈고향의 봄〉 노래 멜로디.

S#83. 동 현상실

짙은 담배 연기에 묻혀있는 표 기자. 수심에 찬 그의 얼굴에 부감 되는—

S#84. 기자 회견장

뼈아프게 슬픈, 허전하고 애잔한 석의 표정에서—

S#85. 동 현상실

진한 상념의 늪에 빠져있는 표 기자. 계속해서 필름을 확인한다.

S#86. 자연농원

공중에서 땅바닥으로 내리꽂는 총알 열차. 천지가 빙글빙글 돌며 어지럽다. 나란히 타고 있는 석이와 순이. 반편이처럼 초췌한 석의 얼굴이지만 재미있다. 총알 열차의 움직임에 따라 정신없이 목표물을 찾는 표 기자 카메라의 프레임. 순이, 그런 표 기자를 향해 여유 있게 손을 흔들어 준다.

S#87. 몽타주

동물원의 사자 우리 앞에서 석을 향해 어흥! 하면서 사자 흉내를 내는 순이. 지레 놀라 몸을 부르르 떠는 석. 꽃동산에서 풍선으로 공놀이하는 순이와 석. 요술왕국에서, 멧돼지 쇼를 보면서, 회전목마에 서, 보트장에서 마냥 즐거워하는 순이와 석의 표정, 표정들. 단 한 컷이라도 놓치지 않을 양, 연신 셔터를 누르는 표 기자.

S#88. 꽃동산

푸짐하게 음식을 펼쳐놓고 먹고 있는 표 기자, 석, 순이. 석, 신나게 먹는다. 이를 물끄러미 보는 표 기자. 서로 눈길이 마주친다. 히죽이 웃는 석.

표 기자	맛있니?
석	(입이 불룩해져 끄덕인다)
표 기자	이런 데 나와서 먹는 음식이 맛있는 거야. 북한에도 이런 공원이 있어?
석	(끄덕인다)
순이	엄마랑 같이 공원에 가서 총알 열차도 타고 맛있는 것도 먹고 했어?
석	(언뜻 숙연해지며 도리질)
표 기자	(화제를 바꾸려는 듯) 물론이겠지. 그렇지만 우리 셋이서 노니까 더 재밌지?
석	(표 기자와 순이를 번갈아 보다가 미안한 듯) 응, 재밌어요!
표 기자	자, 오늘은 이 아저씨가 말이야, 너희들이 원하는 것은 뭐든지 다 해줄 테니까 마음껏 놀아요. 알겠지?
순이	야, 신난다!
석	(히죽이 웃는다)

표 기자, 표정이 밝아진다.

S#89. 응접실

표 기자와 그의 아내 혜경이 앨범을 정리하고 있다. 탁자 위에 너절하게 깔려있는 순이와 석의 사진들. 가위로 사진을 자르거나 예쁜 모양으로 꾸며 정성껏 붙이고 있는—

혜경	여보, 이 아이를 다시 섬으로 돌려보내면 석이가 외로움을 느끼지 않을까요?
표 기자	그렇다고 마냥 여기에 머무르게 할 수는 없잖아.
혜경	비록 나이 차이가 있고 만난 지는 얼마 안 되었다 해도 석이가 이쪽으로 와서 맨 처음에 만난 아이니까 아무래도 정이 들었겠죠.
표 기자	순이는 섬에 혼자 살고 계시는 할머니와 떨어져서는 못 살아요.
혜경	하기야 아직 어린 것들이니까 제 부모, 제집 아니면 싫겠지만….
표 기자	석이가 마음을 잡고 여기 생활에 적응하려면 많은 시간이 필요하고, 분위기가 중요해!
혜경	분위기라뇨?
표 기자	순이는 보통 아이가 아니야. 하는 짓이 꼭 어른 같단 말이야. 석이 곁에 순이를 두면 석이 마음이 나약해질 수밖에 없어.
혜경	왜요?
표 기자	북한에 살고 있는 어머니 생각을 자꾸 하게 되니까….
혜경	어쩌면 순이가 저이 엄마처럼 느껴질지도 모르겠군요.
표 기자	물론이지. 그래서 순이와 석이를 같이 두면 안 된다는 거야.
혜경	(이해하듯 끄덕인다)

표 기자	(담배에 불을 붙이며) 인간의 운명이란 참 묘한 거야.
혜경	석이 말이에요?
표 기자	(웃고 있는 석의 사진에 눈길이 쏠린다)
혜경	(비아냥거리듯) 당신이 책임져야죠. 뭐.
표 기자	(못마땅한 듯 본다)
혜경	(애교스런 눈빛으로 웃으며) 우리 집으로 데려와서 키울래요? 호, 호…. 그러면 또 한 건의 특종이 생기겠는걸.

묵묵히 담배 연기를 말아 올리는 표 기자. 혜경, 앨범 정리를 계속한다.

S#90. ○○ 연맹 회의실

'이석 소년 자모 추천 및 후원회 결성대회'라는 현수막이 부각되면서, 그 아래 웅성대고 있는 많은 사람들. 연단에 의젓하게 자리 잡고 있는 나비넥타이 차림의 석. 머리도 기르고 제법 세련된 모습이다. 화환을 목에 걸치고 있다. 눈을 돌리면, 방청석에 나란히 앉아있는 순이와 김 반장. 연신 터지는 플래시 불빛. 그 불빛 속에 표 기자도 끼어있다. 이때, 백발의 노신사가 연단에 오른다.

사회자	자, 여러분! 이석 어린이의 자모로 추천된 이 회장님의 소감을 한 번 들어보도록 하겠습니다.
이 회장	이 자리에 모이신 여러 어르신들께서는 대부분 북쪽에

일가친척을 두신 이산가족인 것으로 알고 있습니다. 몇 년 전, 우리는 가슴 속에 응어리진 한 맺힌 사연을 봇물 터트리듯 하면서 밤을 지새우며 한없이 울었던 적이 있습니다. 바로 '이산가족 찾기 운동'이었습니다.

혈육을 찾는 피맺힌 절규와 애끊는 사연이 전국 방방곡곡에 메아리쳤을 때 우리는 서로 가슴을 터놓고 울어야만 했습니다.

S#91. 몽타주

인서트 되는 '이산가족 찾기 운동' 때의 짜릿한 장면들. 통곡의 벽을 붙들고 오열하는 촌노의 주름진 얼굴. 온갖 모양의 이름이 적힌 피켓들. 오누이가 얼싸안고 울음을 터뜨리는 TV 화면. 공개홀의 실황방송 장면. 붉은 화환에 둘러싸인 무표정한 석의 얼굴. 저절로 감정에 사로잡혀 열변을 토하는 이 회장의 주름진 얼굴. 숙연해 하는 방청객들. 이러한 화면에 깔리는―

이 회장	(소리) 육친을 만나고 형제자매를 만나는데 어찌 눈물이 안 나오겠습니까? 눈물이 많다는 것은 그동안 우리 이산가족의 한 맺힌 마음들이 너무나도 오랫동안 응어리져 있었기 때문입니다.
	모진 각고를 무릅쓰고 우리의 품에 안긴 이석 어린이를

돌봐주자는 일에 오늘 이처럼 성원해주신 여러분께 재
삼 감사의 말씀을 드립니다.
이석 어린이가 장차 훌륭한 사람이 되어서 눈물로 얼룩
진 남북 이산가족의 비극을 씻고 우리 온 겨레가 자유롭
게 만날 수 있게 하는 일에 공헌할 수 있도록 훌륭하게
키우겠습니다. 여러분의 끊임없는 성원을 부탁드립니다.

방청석의 열띤 박수갈채. 석의 눈동자가 방청석을 훑는다. 강렬한 플래
시가 속을 파고든다. 표 기자를 발견해 낸다. 표 기자 역시 석의 눈빛을
읽어낸다. 서로 마주치는 눈길. 표 기자, 어깨를 쫙 펴라는, 아니면 의젓
하게 행동하라는 뜻으로 석에게 신호를 보낸다. 그의 뜻을 알아차린 듯
목울대를 추스르며 침을 꿀꺽 삼킨다. 이 회장의 주름진 얼굴에서 ─

이 회장   (소리) 이석 어린이를 제 친자식으로 입적시키고 이곳 생
              활환경에 적응하는 대로 초등학교에 입학시킬 계획입니다.

S#92. 호텔 방

TV 화면에 재현되고 있는 석의 인터뷰 장면. 이 회장의 얼굴도 보인다. 창
문에 머리를 기대고 훌쩍훌쩍 울고 있는 순이. 흠뻑 젖은 순이의 얼굴에─

이 회장   (에코 되는 소리) 이석 어린이를 저의 친자식으로 입적

을 시키고, 초등학교에 입학시킬 겁니다.

순이의 등 뒤에서 들려오는―

석   (소리) 울지마, 울지 말란 말이야!

순이, 뒤를 돌아본다. 눈물이 흠뻑 고여있는 석. 금시 울음을 터트릴 기세다. 석의 뒤에 장승처럼 서 있는 표 기자. 순이의 눈빛이 예사롭지 않다.

순이   (마음의 소리) 석아, 잘 있어! 네가 보고 싶으면 또 올게. 나도 너하고 같이 지내고 싶지만….

순이의 양 볼을 타고 흐르는 눈물. 석이의 목울대가 저절로 추슬러지며―

석   (울먹이며) 가지마! 네가 섬으로 가면 나도 따라갈래.
순이   (울부짖듯) 안 돼! 넌 여기서 살아야 한단 말이야.
석   (퉁명스럽게) 아니야, 나도 갈 테야! 가고 싶단 말이야!
순이   (어른스럽게 눈물을 감추며) 석아, 나중에 우리 섬에 밤이랑, 감이랑 많이 익으면 너한테 연락할게. 그때, 다시 놀러 와. 기다리고 있을게!

억지로 눈물을 삼키는 순이. 결국, 눈물을 토해내는 석, 표 기자, 순이와 석을 감싸 안고 등을 어루만져준다. 그 역시 코끝이 찡하다.

S#93. 음식점

원탁에 둘러앉아 식사를 하고있는 표 기자, 그의 아내 혜경, 그리고 석, 침울한 표정의 순이. 어쩐지 서먹한 분위기다. 표 기자, 순이와 석의 눈치를 예의 살핀다. 혜경, 두 권의 앨범을 꺼내 하나는 순이에게, 또 하나는 석에게 준다.

혜경	(표 기자를 가리키며) 아저씨가 주는 선물이야.
순이, 석	(의아하게 본다)
혜경	앨범이야, 그동안 순이와 석이가 같이 지내면서 찍었던 사진을 모은 거야.
석	(얼른 앨범을 받아 펼쳐본다)
표 기자	(싱긋 웃으며) 맘에 들어?
순이	고마워요, 아저씨!
표 기자	순이는 정말 장한 일을 했어, 석이를 구해 주었기 때문에 우리가 이렇게 만나서 서로를 알게 되었잖니? 앞으로 서로 잊지 말고 편지도 자주 하면서 그곳 순이가 사는 동네 이야기도 석이한테 들려주고 해!
순이	아저씨도 잊지 않을게요.
표 기자	그럼, 서로 잊지 말아야지! 나도 나중에 너희 섬에 또 놀러 갈 거야.

순이 얼굴에 석별의 아쉬움이 맴돈다. 마냥 침울한 석의 표정.

S#94. 교차로 일각

교통이 혼잡한 교차로에 파랑 신호등이 켜지면 수많은 사람이 떼를 지어 건널목으로 들어선다. 그 대열에 끼어있는 표 기자. 횡단보도 신호음을 벗어나는 순간, 빌딩을 올려다본다. 어지럽게 나붙은 간판들. 날씬한 여자의 몸매가 한눈에 들어온다. 'OO 헬스클럽' 간판. 표 기자의 눈빛이 확 밝아진다. 템포 빠른 팝뮤직이 그를 빌딩 안으로 유인한다.

S#95. OO 헬스클럽

광란의 스텝들. 매끈하게 잘빠진 아랫도리 율동이 숨 가쁘다. 요염한 여성들의 몸매. 어지럽다. 홀 안을 가득 메운 열기와 싱그러움. 그녀들 사이를 카메라가 헤집고 들어가면 교습생들을 향해 스텝을 밟고 있는 매끈한 하반신. 싱싱한 몸매를 타고 오르면, 신들린 듯한 표정의 신정미 얼굴이 드러난다. 다시 카메라가 등을 돌리면 헬스클럽 입구에 뾰족이 얼굴을 내밀고있는 표 기자. 일순, 그를 포착한 듯 정미의 동공이 확 커진다.

S#96. 거리

비교적 한산한 오후의 거리 일각. 팔짱을 끼고 걸어가는 남녀. 뒷모습을 보아 표 기자와 정미다. 다정스런 그들의 모습에 깔리는—

정미	(소리) 유부남이 금남의 집에 함부로 들어오면 어떡해
	요? 더군다나 레슨 중에… 만일 우리 회원들이 봤으면
	아마 아수라장이 되고 말았을걸?
표 기자	(소리) 그림이 멋있던데….

길을 꺾어 골목으로 들어간다.

정미	(소리) 뭐라고요? 남자들은 열이면 열 이렇게 음흉하다
	니까…. 그건 그렇고. 그동안 어떻게 지냈어요? 연락도
	없고…. 맘 변한 줄 알았는데….
표 기자	(소리) 고민거리가 약간 풀렸어!
정미	(소리) 북한에서 온 아이 문제 말이에요?

그들을 에워싸는 온갖 간판들. 출렁이는 유흥가, 인파로 붐빈다.

S#97. 응접실

화면에 불쑥 솟는 혜경의 얼굴. 전화 수화기를 든 채 불현듯 긴장한다.
수화기에서 카랑카랑 울리는—

친구	(소리) 애, 너희 남편 어쩌면 그럴 수가 있니?
혜경	애, 좀 천천히 자초지종을 말해봐! 그래서….

친구	(소리) 글쎄, 내 눈이 삐었나 싶어 달려가서 앞에서도 보고, 뒤에서도 보고 했지 뭐야.
혜경	(초조한 듯) 그래서 어떻게 됐느냐고….
친구	(소리) 글쎄, 여우 같은 새파란 가시나가 너희 남편 팔짱을…
혜경	(경악하듯) 팔짱을?
친구	(소리) 그래, 다정하게 끼고 가더라고.
혜경	(다급하게) 그게 정말이야?
친구	(소리) 얘, 너한테 내가 언제 거짓말한 거 봤니? 못 믿겠으면 말고….
혜경	분명히 내 남편이었어?
친구	(소리) 그렇다니까….
혜경	(새파랗게 굳어진다)
친구	(소리) 얘, 혜경아!
혜경	(굳어진 채 말이 없다.)
친구	(다급한 소리) 얘, 혜경아, 혜경아!

장승처럼 굳어있는 혜경. 그녀의 손에서 수화기가 떨어진다. 경련을 일으키듯 부르르 떤다.

| 친정어머니 | (소리) 얘, 표 서방 바람피운다는 소문이 들리던데 그게 사실이냐? 남편 간수는 여편네들이 정신 차려야 하는 거야! 표 서방을 천방지축으로 가만두지 말고 네가 알아서 문단속해! |

부르르 떨리는 혜경의 입술.

S#98. 동 안방 (밤)

방바닥에 엎드린 채 흐느끼는 혜경. 일순, 밖에서 초인종이 울린다. 계속 흐느낀다. 다급하게 울리는 초인종. 현관문 열리는 소리가 들린다. 후줄근하게 취한 표 기자가 혜경을 노려본다.

표 기자	(버럭) 이봐! 남편이 왔으면 여편네가 문이라도 열어줘야지, 방에 처박혀서 뭘 하는 거야?
혜경	(예리하게 쏘아본다)
표 기자	(뻥해져) 왜 그래?
혜경	(입술을 깨물며 노려본다. 험악하다)
표 기자	(약간 기가 죽어) 왜 그러냔 말이야?
혜경	(처절하게 노려보며) 버러지만도 못한 인간!
표 기자	(어이없어) 야? 지금 뭐라고 했어?
혜경	이 더럽고 추악한 인간!
표 기자	(버럭) 말조심해!
혜경	새파란 계집년 끼고 다니면서 놀아나는 주제에 뭐 말조심하라고?
표 기자	아니, 이 여편네가…. 생사람 잡네. 대체 무슨 근거로 그런 허튼소리를 해?

혜경	(계속 노려보며) 뻔뻔스럽기는….
	(베개를 집어 던지며) 나가, 당장 이 집에서 나가란 말이야.
	(울부짖으며) 추악한 놈하고 같이 사는 내가 미친년이지!
표 기자	(술이 확 깨는 듯한 표정. 혜경을 덥석 붙잡으며) 아니,
	여보 누군가가 날 모함한 거야. 당신이 오해하고 있는 거
	라고!

실성한 듯 울부짖는 혜경.

| 혜경 | 꼴도 보기 싫으니까 나가, 나가! |

난처한 표정으로 비틀거리는 표 기자. 일순, 그의 안면을 향해 날아드
는 베개. 방어자세를 취하는 표 기자. 그의 일그러진 표정이 스톱모션
되면서 떠오르는—

(자막)
〈떠도는 혼〉 제1부. 끝

〈F.O〉

떠도는 혼

(제2부)

<F.I>

S#99. 타이틀 백

칠흑 화면. 그 화면에 하나, 둘씩 되살아나는 불빛. 정적에 휩싸인 가
로등 불빛을 따라가면 검칙하게 돈 고급주택들. 거대한 어느 양옥집
에 카메라가 머물면 신음인지, 아니면 웃음소리인지 알 수 없는 소리가
스며든다. 어둠 속에 포획되는 갖가지 인형들 말끔하게 잘 정돈된 어린
이 방이다. 빨간 취침등이 잡힌다. 침대 위에 누군가가 곤히 잠들어 있
다. 석이다. 살포시 웃고 있다. 어찌 보면 우는 것 같기도 하다. 그럴수
록 더 거칠어지는 숨소리 화면 밖에서 들려오던 그 소리이다. 불현듯
석이가 손을 휘젓는다. 그의 환한 표정에서―

S#100. 비존

끝없이 펼쳐지는 보리밭, 검은 치마에 흰 저고리의 여인이 김을 매고 있다. 멀리서 오마니! 하고 부르면서 달려오는 소년. 책가방을 멘 석이다. 밝은 표정으로 손을 흔들어 주는 정 씨, 그녀의 온화하고 인자한 표정에 더블 되어지는—

S#101. 동 석의 방 (밤)

활짝 웃고 있는 석. 몸을 뒤척인다. 다시 신음하듯 끄응 거리는 석의 잠꼬대에서—

S#102. 비존 (밤)

파들거리는 백열구. 석이 엎드려 공부하고 있다. 그 옆에서 바느질하는 정 씨. 그녀의 표정을 유심히 살펴보다가—

석	오마니!
정 씨	응?
석	아바이는 언제 와?
정 씨	(말없이 안쓰러운 미소)

석	증말 돌아오는 거야?
정 씨	응, 꼭 돌아온다고 했어….
석	거짓말!
정 씨	아니래두!
석	오마닌 알고 있디? 아바이가 어드메서 뭘 하는지….
정 씨	(도리질)
석	거짓말! 아바인 적후 공작대에 끌려갔디?
정 씨	무시기? 뉘기레 그런 허튼소리 하간?

S#103. 바다 (비존)

파도에 떠밀리듯 나풀대는 돛단배 하나. 황 노인이 그물을 드리우고 있다. 그 옆에서 일을 돕고 있는 석. 곰방대에 불을 붙이고는 먼 수평선을 굽어본다.

황 노인	(혼잣말로) 갸레 죽었는지, 살았는지 원….
석	(의아하여) 할아버지, 뉘기레 죽었어요?
황 노인	(얼떨결에) 아, 아무것도 아냐!
석	내래 다 알어. 지금 아바이 걱정했디?
황 노인	어뜩케 알간?
석	할아버딘 미워! 할아버지가 얘기해두지 않아도 내래 다 안단 말이야요.

| 황 노인 | (생각에 잠기다가) 이러케 된 바에야 얘기하지. |

울대를 추스르며 곰방대를 힘껏 빨아대는 황 노인. 그를 지켜보는 석의 초롱한 눈망울.

S#104. 동 방안 (비존)

수심에 찬 정 씨의 얼굴. 그녀의 가슴에 얼굴을 파묻고 있는 석. 석의 머리를 쓰다듬으며—

| 정 씨 | (떨리는 마음의 소리) 아바이가 보고 싶지? 이 오마니도 니 아바이가 보고 싶단다…. 니 아바이는 이 세상에 없어. 멀구면 남쪽으로 배 타구 적후 공작대에 끌려가스리 바다 물귀신이…. |

함초롬히 젖은 정 씨의 눈망울. 멀뚱멀뚱한 석의 눈동자가 더욱 가슴을 쓰리게 한다.

| 정 씨 | (마음의 소리) 하늘을 떠다니는 새처럼 이 세상 어디엔가 떠돌고 있을 거구만…. 니 아바인 정이 많은 사람이었다…. 니 아바이처럼 정이 많으면 이런 세상에서는 이용만 당허그스리 영웅 칭호는 커녕 우리 같이 설움 받 |

는 신세가 되는가 보다. 에구, 이 가엾구 불쌍헌 것, 불
쌍헌 것….

S#105. 마루 (비존)

정 씨와 마주 앉아 식사 중인 석. 강냉이죽을 단숨에 먹어치우고는 조
금 남은 정 씨의 밥그릇을 넘겨다본다. 눈치를 챈 정 씨가 한 숟갈 덜
어준다. 신나게 먹는 석의 표정에서—

S#106. 이 회장 댁 식탁 (현실)

진수성찬이다. 이 회장과 그의 부인 박 여사, 딸 은선이가 석을 중심으
로 앉아 식사 중이다. 경직된 분위기다. 석이 겸연쩍은 듯 가족들 눈치
를 살핀다. 그러나 푸짐한 음식에서 마냥 눈길을 떼지 못하는 석.

S#107. 석이네 마루 (비존)

정신없이 먹고 난 석이 곁눈질로 정 씨의 밥그릇을 넘겨다본다. 텅 비어
있다. 언뜻 정 씨를 쳐다보다 마주치는 사랑의 눈길. 무안해 하는 석.

S#108. 이 회장 댁 식탁 (현실)

굳어있는 석의 표정을 예의 지켜보는 이 회장. 눈치 빠르게 이 회장의 뜻을 알아차리는 박 여사, 수다스럽게 석에게 음식을 권한다.

박 여사   자, 이것도 먹어봐, 이건 참 맛있는 요리야. 네가 맛있게 먹어야지 음식을 만든 저 아줌마 맘도 기쁘지 않겠니? (수다스럽게) 이건 말이지 서양식 켄터키치킨이야. 시장에서 파는 것처럼 딱딱하지도 않을 거야.

(이 회장 눈치를 살피며 속보이듯) 석이가 많이 먹고 쑥쑥 자라서 훌륭한 사람이 되는 게 내 소원이란다. 자, 이것도 좀 먹어보렴.

이 회장   여보, 너무 성급하게 권하지 말아요. 음식이란 어렸을 때부터 천천히 먹는 습관을 지녀야 해요….

박 여사   아니에요, 어릴 때 뭐든지 잘 먹는 아이들이 출세한대요. 성격도 원만해지고….

(딸에게) 얘, 그렇지 않니?

은선   제가 황희정승은 아니지만 두 분 말씀이 다 맞는 거 같아요.

박 여사   뭐야? 얜….

이 회장   허, 허, 허…. 그렇긴 해.

은선   아빠, 있잖아요, 우리 클래스 애들이 석이가 보고 싶데요. 글쎄, 자꾸 우리 집에 놀러 온다고 그러잖아요. 석이하고 얘기 좀 나누고 싶다고.

이 회장   좋고말고. 말띠 누나들이 몰려오면 석이도 심심찮고, 재

                    믿는 말 상대가 될 거야.

박 여사   아니, 괜히 석이를 귀찮게 구는 거 아녜요?

은선   엄만, 귀찮기는 뭐가 귀찮아. 오히려 마음이 풀릴 텐데….

동조를 구하는 뜻으로 석을 보는 은선, 어리둥절 겸연쩍게 씨익 웃는 석.

S#109. 지하철역

러시아워를 이루는 많은 인파. 바바리코트가 인파를 헤치며 바쁘게 가
고 있다. 지나치던 행인과 어깨를 서로 부딪친다. 신경질적으로 돌아본
다. 표 기자다.

윤 부장   이봐, 안경 도수 좀 높여!

표 기자   아이고 부장님이시군요.

윤 부장   이 사람, 시치미 떼지 말고 빨리 가서 머리 때 좀 빼고

                    어른들한테 인사드릴 채비나 갖추고 있으라고.

표 기자   무슨 말씀이죠?

윤 부장   아직도 소식 못 들었어?

표 기자   (뻥하다)

윤 부장   증말 이 사람, 형광등 촉이 나갔구먼. 자네가 결정됐어!

자, 축하 악수부터 우선 하자고.

(손을 잡고 마구 흔들며) 진심으로 축하해!

표 기자   (더욱 뻥해지는 표정)

S#110. 취재부 출입문

종이 현수막이 붙어있다. '축, 표명부 기자 오늘의 기자상 수상!' 그 앞에 우뚝 서는 표 기자. 못마땅한 듯 잠시 생각에 잠기다가 이내 안으로 들어간다.

S#111. 편집실 안

표 기자 들어온다. 앉아있던 기자들이 일제히 그에게 악수를 청하고 등을 두들기며 축하해준다. 그러나 어두워 보이는 표 기자.

S#112. 거실

혜경이 머리를 싸매고 누워있다. 눈이 흠뻑 젖어—

친구	심각할 거 없어 얘, 지내놓고 보면 다 우스운 거라고.
혜경	(마음의 소리) 네 일이 아니라고 함부로 씨부렁거리니?
친구	얘, 뭐 그런 일 안 당하고 사는 여자가 있는 줄 알아? 침착하게 뒤를 캐봐. 어딘가 모르게 흔적을 남기고 있을 거라고. 그 새파란 계집하고 어울리는 증거를 말이야!
혜경	(마음의 소리) 왠지 불안해. 나 혼자 구렁텅이 속으로 자꾸만 빠져드는 것 같아….
친구	(소리) 생각보다는 훨씬 단순하고, 이기적이고, 약한 게 남자야. 뒤끝이 흐리멍덩한 것도 남자고. 그러니까 꼬리를 밟으란 말이야.

S#113. 한식집 (밤)

홀 안을 메운 술꾼들이 고기 굽는 짙은 연기 속에서 소란을 피우고 있다. 그 틈에 끼어있는 표 기자와 동료 기자들. 몹시 취해 있다.

기자1	여자란 말이야, 내 옆을 스쳐가는 다른 여자한테 잠깐 눈길만 돌려도 질투하고, 와이셔츠에 김칫국물 흔적만 있어도 의심하고, 잠꼬대하다가 슬쩍 웃기만 해도 의심을 하는 동물이라고!
표 기자	(혀 꼬부라진 채) 맞아! 여자는 항구니까 좁을 수밖에 없지.
기자	야 이 친구야, 장가도 못 간 숙맥이 언제 그렇게 여자에

관해서 연구했어?

기자1	대학 시절 4년 동안을 줄곧 이화여대 정문 앞에서 보초 섰으니까 그런 것쯤이야 도통했지….
표 기자	여자의 의심병에 대한 처방은….
기자	간단하지. 무조건 버티는 거야! 그 대신 충격을 가해서는 안 돼. 여자란 말이야, 사고력이 예민해서 조금만 열을 가해도 폭발해버린단 말이야!
기자2	그러니까 분위기 있게 간지러운 데를 슬쩍슬쩍 긁어 주면서….
기자1	자존심은 약간 상하더라도 비위를 맞추면서….
표 기자	버티란 말이지?
기자2	소크라테스 이론이군!

한바탕 터지는 웃음소리.

S#114. 화장실

엉거주춤 기마 자세로 뒤를 움켜쥐고 안절부절못하는 석. 창백한 얼굴이 몹시 급한 모양이다. 어쩔 수 없이 뒤를 내리고 용변기 옆에다 와락 쏟고 만다.

S#115. 석의 방

배를 움켜쥐고 들어온다. 죽을 쌍이다. "오마니, 오마니…" 하면서 몹시 아픈 표정이다.

S#116. 은선의 방

거울에 비치는 잠옷 차림의 은선. 화장기 짙은 얼굴이다. 콧노래를 흥얼대며 밖으로 나간다.

S#117. 동 화장실

은선 불쑥 들어온다. 일순, 코를 막고 기겁하며

은선   아줌마, 아줌마!
식모   (급히 달려오며) 아가씨, 왜요?

은선 코를 막고 턱으로 변기 옆을 가리킨다.

식모   (역시 기겁한다)

S#118. 석의 방

식모가 열 받아 들어온다. 석을 노려본다. 이미 평온하게 잠들어 있는 석. 낭패인 듯 쌍을 찌푸리며 나간다.

S#119. 방송국 출입문

쫓기듯 급히 들어가는 혜경.

S#120. 모니터실

녹화필름을 찾고 있는 방송국 기사의 바쁜 손놀림. 그를 지켜보고 있는 혜경.초조한 모습이다.

S#121. 시상식장

'오늘의 기자상'을 수여받는 표 기자. 연신 터지는 플래시들. 박수갈채, 꽃다발 세례. 장내를 꽉 메운 하객들. 그 대열에 끼어있는 석, 김 반장, 이 회장, 박 여사의 얼굴. 그리고 바로 옆자리에 앉은 표 기자의 자녀 승희와 광운. 혜경의 얼굴은 보이지 않는다. 계속 쏟아지는 박수갈채.

김 반장의 의미 있는 표정과 표 기자의 묘연한 눈길이 교차된다. 표 기자의 시선이 석에게 쏠리는 순간—

S#122. 석의 기자 회견장 (비존)

화환을 목에 걸고 만세를 부르는 석. 알 수 없는 공포감이 서려 있는 그의 얼굴과 하객을 향해 손을 번쩍 들고있는 표 기자의 어두운 얼굴이 더블 되어지며—

S#123. 거리

함박눈이 내린다. 돌담을 끼고 나란히 걷고 있는 표 기자와 석의 뒷모습에서—

표 기자	석이 넌 아저씨가 상을 받으니깐 좋으냐?
석	조티 안구요.
표 기자	왜?
석	꽃도 받구 사진도 많이 찍어주니까니.
표 기자	허, 석이는 사진 찍는 것이 그리도 좋아?
석	(끄덕인다)

표 기자	북에서도 사진 찍는 것이 좋아?
석	아니야요.
표 기자	앞으로 아저씨가 사진 많이 찍어줄게.
석	증말? 우리 오마니하구 가티 찍어 줄테야요?
표 기자	어머니랑?

S#124. 거리 일각

히죽이 웃고 있는 석. 그의 머리에 함박눈이 쌓인다. 석의 어깨를 살포시 감싸주는 표 기자.

표 기자	너희 어머니는 널 닮아서 참 이쁘시겠구나.
석	(시무룩하니 끄덕인다)
표 기자	(석의 눈치를 알아챈 듯 화제를 바꾸어) 북쪽에도 눈이 많이 오니?
석	겨울이면 펑펑 쏟아져요. 이보다 더 많이…
표 기자	그럼, 눈사람도 만들고, 친구들이랑 눈싸움도 많이 했겠네?
석	(신이 나서) 눈싸움 하믄 우리 학반에스리 내래 최고야요. 봉식이 동무도 나한테 꼼짝 못 하고, 종구 동무도 죽자사자 디립다 도망만 친단 말입메!
표 기자	그렇게 잘했어? 그럼 아저씨하고 어디 한 번 겨뤄볼까?
석	(의아한 표정)

굿바이 DMZ

표 기자	(얼른 알아차리고는) 아, 겨룬다는 말은 누가 더 잘하는
	지 눈싸움을 해보자는 말이야.
석	(잽싸게 눈을 집어 표 기자의 얼굴에 한 방 먹이고 내
	달리며) 내래 이겼디. 히히히….

표 기자의 얼굴에 함빡 피어나는 웃음꽃. 석의 장난기 서린 모습이 천진스러워 보인다.

S#125. 안방

인산인해를 이룬 선착장. 형사를 따라 배에서 내리는 석. 그 대열에 끼어 급히 내리는 표 기자. 그 옆에 나란히 붙어 내리는 정미. 넘어질 듯 뒤뚱거리며 표 기자의 팔을 잡는다. 작열하는 플래시 불빛. 표 기자를 향해 몰려드는 취재용 마이크들. 한사코 얼굴을 피하는 정미. 이 화면이 스틸로 바뀌면서 카메라 뒤로 빠지면서— 심각한 표정의 혜경이 VTR 화면을 노려보고 있다. 또 하나의 낯선 얼굴이 보인다. 혜경의 친구다.

친구	(반가운 듯) 그래, 바로 저 여자야! 네 신랑 팔목을 잡고
	있잖아! 쐐기 파마머리에 부엉이처럼 짙은 눈화장을 했
	더라고….
혜경	(절망적인 눈빛)
친구	화면을 다시 한 번만 돌려봐.

혜경, VTR을 리와인드 한다. 떨리는 그녀의 손길.

친구   얘, 넌 재주도 좋다. 그런 필름은 어떻게 찾아냈어? 차
          라리 내가 모르는 척할 건데….
혜경   (날카롭게 쏘아본다)
친구   (무안한 듯) 얘, 이럴수록 맘을 단단히 먹고 보통 있을
          수 있는 일이다 생각하고 넘겨버려.

다시, 화면이 비친다. 의기양양한 표 기자의 얼굴. 카메라를 의식적으
로 피하는 정미. 경련을 일으키는 혜경.

친구   (소리) 하기야 덜미를 잡혔을 때 따끔하게 버릇을 고쳐
          놔야 한다고.
혜경   (심각하게) 그냥 끝장을 내버릴까 봐.
친구   숙맥인척하면서 약삭빠른 게 남자다. 얘, 여자 쪽에서 서두
          르지 않는 한 이혼 같은 건 꿈도 안ㅉ 꾸는 게 남자거든….
혜경   이혼…?

혜경의 침울한 눈빛에서—

S#126. 택시 안

표 기자의 무릎을 베고 석이 잠들어 있다. 석의 얼굴을 예의 살피는

표 기자. 차창 밖을 내다보는 그의 고뇌 서린 표정.

표 기자   (마음의 소리) 인간들은 대체 무엇을 향해서 달려가고
          있는 걸까? 달려가는 그 길이 역사의 발자취가 되는가?
          그 역사는 과연 가치를 향한 계단이 되어주고 있는가?
          인간이 어떤 목적과 운명과 인연을 가지고 태어나는 게
          틀림없지만, 인간 스스로 잉태한 고통과 슬픔이란 더없
          이 가혹한 거야….
          (석의 잠자는 모습을 예의 살피며) 사상과 이념의 굴레
          를 우리 손수 만들어 놓고 그 함정에 빠져들다니…. 이
          모든 게 분단민족의 고통 아니겠니. 석아, 너에게 내려진
          신의 형벌을 기어코 이겨내야만 한다.

정신없이 오가는 차량. 꿈틀대는 사람들. 숨 막히는 삶의 현장이다. 표
기자, 넋을 잃고 그 숨 가쁜 현장을 떨치며 걸어가고 있다.

S#127. 언덕길 (밤)

행인이 드문 밤길. 윗옷을 어깨에 걸치고 비틀거리며 가고 있는 표 기
자. 몹시 취해 있다.

표 기자   (소리) 흥, 언론이 사회의 목탁이라고? 사회의 목탁이라

는 놈들이 도대체 뭣들을 하는 거야. 체면유지 때문에 침묵의 행진을 하는 거야?

아니면, 대가리 속에 박힌 그 알량한 엘리트정신 때문에 윗사람 눈치만 보고 틀에 박힌 처용 노릇을 해야 하냔 말이야. 진실을 진실대로, 사실을 사실대로 감춰진 현장을 생생하게 파헤쳐서 세상에 알리는 게 진정한 언론의 도리가 아니냔 말이야! 그런데 난 그러한 진실을 외면하고 말았어. 언론인으로서의 양심까지 저버리고….

버스 정류장을 지나친다. 벤치에 걸터앉는다. 밤하늘을 본다. 달이 밝다.

기자1   (소리) 아니야. 난 이렇게 생각해. 언론인의 근본적인 사
              명은 봉사라고 말이야.
              그 봉사라는 개념은 어느 형식의 노예 상태를 뜻하는 것
              이 아니야. 국가와 전 인류에게 기여하겠다는 의사요….
표 기자   (마음의 소리) 봉사라고? 흥, 멋진 표현이군. 임마, 너 같
              은 사고방식 때문에 언론이 사회로부터 지탄을 받고 있
              는 거야. 최소한 우리는 명예와 긍지를 업으로 하는 신
              문쟁이란 말이야. 그렇다면 신문쟁이답게 사명감을 가지
              고 사건의 진상을 명백하게 파헤쳐야 할 게 아니야.
기자2   (소리) 이봐, 호랑이 꼬리를 잡은 것만 해도 자넨 행운아
              야. 신문쟁이가 특종 하나 만들어 히트치는 게 그리 쉬
              운 일인가? 가벼운 마음으로 한 잔 마시면서 삭혀버려!

212   굿바이 DMZ

표 기자	(울부짖듯) 흐흐, 내가 만든 특종은 언론에 대한 모독이고 직무유기야.
기자1	어차피 엎질러진 물이야. 사실 말이지, 정부나 언론이 오히려 자네한테 감사하다고 해야 옳지. 왜냐고? 자네가 바로 그들의 대변자가 되어주었기 때문이지…. 정직한 대변자 말이야.
표 기자	(소리) 뭐, 정직한 대변자? 천만에, 난 분명히 직무 유기를 했어! 가면의 탈을 쓰고 직무유기를 저질렀단 말이야!

다시 일어나 간다. 떨고 있는 가로등 불빛.

S#128. 아파트 현관문 앞 (밤)

초인종을 누르는 표 기자. 응답이 없다. 계속 누른다. 결국, 자신의 열쇠로 문을 연다.

S#129. 거실 안 (밤)

표 기자, 화가 잔뜩 치밀어 들어온다. 집안을 둘러본다. 인기척이 없다. 바싹 긴장하여 방으로 들어간다.

S#130. 동방 안 (밤)

딸과 아들이 방바닥에 엎드린 채 잠들어 있다. 벽시계를 본다. 밤 11시. 방안을 둘러본다. 화장대 위에 놓여있는 쪽지. 황급히 풀어 본다.

혜경   (소리) 당신의 마음이 처자식으로부터 이미 떠나 있다는 사실을 확인한 이상 나의 존재가치가 무의미함을 깨닫고 떠납니다. 불쌍한 우리 승희, 광운이 잘 키우세요.

잠든 아이들을 본다. 다시 방 안을 둘러본다. VTR 테이프를 발견한다. 떨리는 손으로 데크에 끼운다. 재현되는 〈씬27〉의 화면. 신경질적으로 VTR을 끈다. 일그러지는 표정으로 쪽지를 찢어 내던지며 짐짓 아이들을 똑바로 눕힌다. 두 아이의 배를 만져본다. 처절한 그의 눈빛에서—

기자1   (소리) 여자가 남편을 의심할 때는 무조건 버티는 거야. 그 대신 충격을 가해서는 안 돼. 여자란 조금만 열을 가해도 폭발해버리니까.

담배에 불을 붙인다. 어이없는 듯 그의 입가에 실소가 피어난다.

S#131. 응접실

온실처럼 꾸며진 응접실이다. 온갖 꽃이 만발하다. 터져 나온 꽃망울.

소파에 쭈그리고 앉아 좀처럼 눈을 떼지 않는 석. 외로운 표정이다. 활짝 핀 철쭉꽃이 화사하다.

S#132. 냇가 (비존)

바위틈을 흐르는 맑은 냇물. 냇물을 따라 붉게 물든 진달래. 철쭉꽃. 그 일각에, 빨래하는 정 씨. 일순, 어디선가 돌멩이가 날아와 정 씨의 얼굴에 물을 튕긴다. 위를 본다, 개구쟁이 석이다. 정 씨의 얼굴에 피어나는 미소. 냅다 쫓는다. 달아나는 석.

S#133. 언덕배기 (비존)

연신 놀려대며 달아나는 석. 미끄러져 풀숲에 나뒹구는 정 씨. 석이 놀라서 엉겁결에 달려온다. 몹시 아픈척하는 정 씨. 주눅 든 얼굴로 어쩔 줄 모르는 석. '요 녀석!' 하면서 석을 끌어안고 간지럽힌다. 한 아름의 평화가 차오른다. 활짝 웃는 꽃망울에서—

S#134. 동 응접실 (현실)

꽃에서 시선을 떼며 침을 꿀꺽 삼킨다. 집 안을 둘러본다. 자신 이외에 아무도 없다. 창밖의 하늘을 본다. 어디론가 날아가고 있는 비둘기떼. 흘러가는 구름 사이로 석의 외로운 눈빛.

S#135. 현상실

작업 중인 표 기자. 담배에 불을 붙이며 언뜻 상념에 잠긴다.

혜경   (소리) 당신의 마음이 처자식으로부터 이미 떠나 있다는
                사실을 확인한 이상 나의 존재가치가 무의미함을 깨닫
                고 떠납니다….

기자1   (소리) 이봐, 여자가 남편을 의심할 때에는 무조건 버티
                는 거야!

표 기자, 전화를 건다. 침울하다.

표 기자   여보세요, 아, 장모님이세요? 승희 아빱니다,

수화기   (소리) 장모님이라고 부르지도 마. 자네 같은 사람 사위
                로 둔 적 없어! 앞으로 더 이상 혜경이 찾지 마라!

표 기자   장모님, 노여움을 푸세요. 사람이 살다 보면 그런 오해
                도 받을 수 있는 거….

수화기   (버럭) 오해라고? 그게 무슨 오해야. 자기 잘못은 생각지
                도 않고 그런 식으로 어물어물 덮어두려고…. 배운 사람

이 그따위로 행동해?

표 기자   하여튼 모든 건 저한테 책임이 있으니까 앞으로 명심해
         서 잘하겠습니다. 지금 혜경이 데리러 가겠습니다.

수화기   (소리) 열 번, 스무 번 와도 소용없어. 혜경이 맘이 돌아
         서지 않는 이상….

표 기자   알겠습니다. 언젠가는 맘이 달라지겠죠….

수화기   (소리) 아예, 얼굴에 철판을 깔았구먼….

일방적으로 전화를 끊는 장모. 절망적인 눈빛으로 수화기를 보다가 담
배를 피워 문다.

승희   (소리) 아빠, 엄마가 보고 싶어. 엄마가 보고 싶단 말이야!

광운   (소리) 식모 아줌마가 해주는 밥은 맛이 없어.

승희   (소리) 빨리 엄마를 데리고 와. 한 달이 넘도록 전화 한
         번 없었단 말이야! 아빤 거짓말쟁이! 엄마가 어디 멀리
         갔지?

표 기자   (소리) 아냐, 외할머니가 몹시 아프셔서 지금 외할머니
         집에 있어….

광운   (소리) 나 엄마 찾으러 갈 거야!

표 기자   (소리) 안 돼! 엄마 내일 올 거야.

광운   (소리) 아빠, 맨날 내일, 모레…. 거짓말만 해.

안경을 추스르며 고통스러운 표정으로 책상 위의 가족사진을 본다. 활

떠도는 혼   **217**

짝 웃고 있는 혜경, 승희, 광운, 그리고 표 기자. 담배 연기 속에서 아른거리는 얼굴들.

S#136. 거리

북적대는 인파, 질주하는 차량들, 노점상들의 외침. 아우성 그 속을 광운이 가고 있다. 건널목을 지나고, 육교를 넘어서 어디론가 정처 없이 걸어간다.

광운   (마음의 소리) 엄마, 내가 갈 테니까 꼼짝 말고 기다리고
                  있어야 돼. 나 만나면 곰 인형도 사주고, 돈가스도 사주
                  고, 솜사탕도 사줘야 돼. 알겠지?

광운의 앞가슴에 달린 큼직한 이름과 전화번호, 주소가 적힌 이름표가 걱정스러운 표정과 대조적이다. 도시의 어둠이 몰려온다.

S#137. 어느 골목

이 집, 저 집 대문을 두리번거리며 오고 있는 광운. 일순, 다른 골목에서 불쑥 뛰쳐나오는 승용차. 브레이크 파열음. 광운을 허공에 띄워 저

만치 내리꽂히고 만다. 광운의 모진 비명. 클랙슨 소리가 에코 되면서 몰려드는 사람들.

S#138. 몽타주

어둠 속을 질주하는 앰뷸런스. 응급실로 옮겨지는 광운. 피투성이의 팔에 꽂혀있는 수혈관. 전화를 받고 기겁하는 표 기자. 안절부절못하는 혜경의 얼굴. 확산되는 뇌파 지침계의 비음. 오르내리는 심장 호흡기. 들이닥치는 표 기자와 혜경, 장모, 수술복 차림의 안경 낀 의사의 떨리는 손길. 수혈관에 방울지는 검붉은 피. 생명의 초침이 멈춰가는 듯 무거운 침묵이 깔린다. 의사, 표 기자를 본다. 절망적인 눈빛이다. 결국, 오열하는 혜경. 핏빛 노을. 파르르 떨리는 낙조 빛 물결. 바람에 날리는 혜경의 머리카락. 강물에 재를 뿌리는 혜경. 광운의 혼이다. 뒤에서 이를 지켜보는 표 기자. 그의 처절한 눈빛에 에코 되는—

광운	(환청) 아빠, 아빤 엄마가 더 좋아, 내가 더 좋아?
표 기자	(소리) 물론, 광운이가 더 좋지!
광운	(환청) 정말?
표 기자	(소리) 물론이지!
광운	(환청) 누나보다 내가 더 좋아?
표 기자	(소리) 누나한테 말하지 마. 광운이가 더 좋아.
광운	(환청) 정말?

표 기자   (소리) 이 세상에서 광운이가 제일 좋아!

광운   (환청) 그러면 아이스크림 사줘!

표 기자   (소리) 요 녀석이 아빠를 놀려….

광운   (환청) 히히히…. 나도 아빠가 좋아!

은은히 들려오는 교회 종소리.

S#139. 어린이 놀이터

아이들이 즐겁게 놀고 있다. 담장에 기대어 물끄러미 보고 있는 석. 그의 얼굴에 향수가 몰려온다.

S#140. 냇가 (비존)

알몸으로 물에 뛰어드는 석이 또래의 아이들. 짓궂게 물장구치거나 싸리나무 소쿠리로 물고기를 잡는다. 그 대열에서 마냥 즐거워하는 석.

S#141. 동 놀이터 (현실)

담장에 턱을 기댄 채 울적해 있는 석. 그의 얼굴에 스며드는 외로움.

S#142. 로비

어느 고층 빌딩의 로비. 창밖을 내다보고 있는 표 기자. 창 너머 초등학교 운동장에 아이들이 우글거리고 있다. 까마득히 내려다보이는 교정. 울긋불긋 원색의 꿈틀거림에서—

S#143. 강변

무심코 강물에 돌을 던진다. 출렁이는 강물에 광운의 얼굴이 더블 되어진다. 표 기자의 눈빛이 더욱 흐려진다. 하늘거리는 광운의 얼굴.

광운   (환청) 아빠, 엄마가 보고 싶지 않아? 난 엄마가 보고 싶
             어 죽겠단 말이야! 일순, 광운의 얼굴이 석이 얼굴로 뒤
             바뀐다.

석   (환청) 오마니, 보고 싶어요! 내래 어머니 곁으로 가고
             싶단 말입메!

손바닥으로 얼굴을 감싸며 괴로워하는 표 기자. 둥둥 떠가는 물오리 한 마리.

S#144. TV 화면 (인서트)

어느 여인이 눈물로 가족과 헤어지는 슬픈 장면이 재현되고 있다.

S#145. 석의 방

함초롬히 젖어있는 석의 눈망울. TV 화면에서 눈을 떼지 못한 채 깊은 상념에 빠져있다. 오열하는 여인의 구슬픈 울음소리. 목울대를 추스르는 석.

S#146. 옥상 베란다

석이 쭈그리고 앉아있다. 강아지가 쪼르르 와서 석의 얼굴을 핥는다. 강아지를 꼬옥 껴안는 석. 어둠이 몰려온다.

S#147. 대문 앞

한옥풍의 높다란 담장. 대문 앞에 미끄러져 와 멎는 승용차. 비서가 문을 열자 이 회장과 박 여사 차에서 내린다. 식모가 급히 뛰쳐나와 허리를 굽신거린다.

이 회장	석이는 지금 뭘 하고 있소?
식모	아마 방에 있을 겁니다.
이 회장	아주머닌 그 앨 잘 보살펴 주어야 합니다.
식모	(굽신거리며) 아무렴요, 얼마나 애지중지한다고요.
박 여사	석이가 오늘은 밥을 잘 먹던가요?
식모	고기는 잘 먹질 않지만, 그래도….
이 회장	아직은 식성이 잘 안 맞을 테지.
박 여사	이제 학교에 다니면 좀 달라지겠죠. 뭐.

S#148. 응접실 (밤)

이 회장 들어오며 집 안을 살핀다. 박 여사, 이 층에서 내려오며 큰소리로 석을 부른다. 응답이 없다.

박 여사	(식모에게) 분명히 석이가 집에 있었나요?
식모	그럼은요, 조금 전까지도 강아지하고 함께 놀았었는데….
이 회장	집 안을 살펴봐요. 어디 자고 있을지도 모르지.
식모	(걱정스러워) 재밌게 놀았었는데….
이 회장	대체 아이를 어떻게 했길래, 은선이는 어딜 갔소?
식모	아가씨는 오전에 석이하고 밖에 잠시 나갔다가 와서 점심 먹고 친구 만나러 나갔습니다.
박 여사	(이 층에서 내려오며) 아무리 찾아봐도 없어요.

장 비서	(밖에서 들어오며) 집 근처에도 없습니다.
이 회장	이거 원 참, 이봐, 장 비서!
장 비서	네, 회장님.
이 회장	요 근처 갈만한 곳을 다시 한 번 찾아보게. 경찰에 연락
	하는 것도 잊지 말고….
장 비서	알겠습니다. 다녀오겠습니다.
박 여사	아줌마는 애도 돌보지 않고 대체 집에서 뭘 했어요?
식모	죄송합니다, 사모님.
박 여사	그렇게 신신당부를 했는데, 얼른 가서 저녁이나 준비하
	세요.

이 회장, 초조하게 전화를 건다.

이 회장	아, 여보세요, 김 반장 계신가요?

S#149. 김 반장 사무실 (밤)

현란한 스탠드 불빛. 재떨이에 수북이 쌓인 꽁초. 피로한 기색의 김 반
장이 전화를 받고 있다.

김 반장	그럴 수도 있지요. 하지만 맘을 놓을 수 없는 단계니까,
	일단 주의 깊게 관찰하셔야 할 겁니다. 알겠습니다. 곧

찾아뵙지요.

S#150. 택시 안 (밤)

초조한 듯 연신 시계를 들여다보는 표 기자. 충혈된 그의 눈빛에서 에코 되는—

석	(소리) 우리 오마니하구 가티 사진 찍어 줄테야요?
표 기자	(소리) 얼마든지 찍어주지.
석	(소리) 히, 히, 좋아!

무섭게 스쳐 가는 자동차 행렬.

S#151. 이 회장댁 응접실 (밤)

불안하게 서성이는 이 회장. 침울하게 앉아있는 표 기자와 박 여사. 이때, 초인종 울린다. 일순, 긴장하는 일동. 박 여사, 인터폰을 받는다.

박 여사	누구세요?
인터폰	(소리) 나야, 엄마.

박 여사	너 혹시 석이 어디 있는지 아니?
인터폰	(소리) 모르는데…. 왜 석이가 없어졌어요?
박 여사	(자동문 키를 누른다)

실망하는 이 회장. 요란스럽게 전화벨이 울린다. 이 회장 급히 받는다.

이 회장	여보세요. 응. 나야. 그래 찾았나?
장 비서	(소리) 일단. 경찰에 신고해놨습니다. 그리고 우리 직원을 동원해서 찾고 있습니다.
이 회장	(낭패인 듯) 알았어.

S#152. 정원 (밤)

함박눈이 내린다.

S#153. 시계 (인서트)

새벽 1시. 시계추의 흔들림이 부각된다.

S#154. 동 응접실 (밤)

김 반장이 눈을 털며 들어온다.

이 회장	무슨 연락이라도 있습니까?
김 반장	아직은요. 너무 심려 마십시오. 멀리 가지는 못했을 겁니다.
이 회장	그 어린것이 날씨도 추운데 어디에서 뭘 하고 있담?
표 기자	반장님은 어디 떠오르는 데가 없습니까?
김 반장	글쎄, 나보다는 표 형이 그 애와 더 친숙하질 않소?
표 기자	친하다고요? 맘이 좀 통할 뿐이죠.
이 회장	맘이 통하다니?
표 기자	석이도 그렇고, 저도 그렇고 밥 먹고 체한 것처럼 항시 가슴이 답답하거든요.
이 회장	(끄덕이며) 하긴, 표 선생께선 어린 자식까지 잃었으니….
김 반장	새삼스럽게 맘 아프게 해서 안 됐지만, 너무 상심하지 말아요. 세상 살다 보면 허다한 일이 다 있질 않겠소.
표 기자	석인 지금 밤이면 밤마다 꿈속에서 어머니를 부르고 있을 겁니다. 어린 것이 집을 떠나왔으니 오죽이나 가슴이 떨리겠습니까? 석이한테 제아무리 잘해준다 해도 그 앤 한 덩어리 고기보다는 사랑하는 엄마 품 안에 안기는 걸 원하고 있을지도 모릅니다.
이 회장	글쎄, 이놈이 왠지 밥을 제대로 먹질 않더라고.
김 반장	표 형은 석이 의중을 떠봤소?

표 기자	그 애 눈동자에 쓰여 있었어요.
이 회장	아니, 석이가 그런 말을 했단 말이요?
표 기자	제가 석이 마음을 그렇게 읽은 거죠.
김 반장	표 형 마음을 이해할 만도 합니다만, 석이한테는 추호라도 그런 눈빛을 보여서도 안 됩니다.

침울한 표정, 표정들.

S#155. 시계 (인서트)

괘종시계가 새벽 2시를 알린다.

S#156. 동 응접실 (밤)

재떨이에 수북이 쌓여있는 담배꽁초. 소파에서 졸고 있는 박 여사. 턱을 고인 채 담배 연기를 말아 올리는 표 기자의 얼굴에서—

표 기자	(마음의 소리) 넌 자유를 찾아 의거 월남한 용감한 투사야. 어떤 연유로든 너에겐 또 하나의 운명이 새로 주어지는 거다. 그것이 네 생애에서 밝은 빛이 될지, 아니면 비

극의 수렁이 될지는 알 수 없지만 말이야. 때로는 인간의
운명은 인간의 손에 의해서 재창조되는 일도 있거든….

S#157. 창밖 (밤)

함박눈이 계속 내린다.

S#158. 동 응접실 (밤)

점점 초조해지는 이 회장. 그의 깊은 주름살에서—

이 회장   (소리) 이석 어린이는 저의 친자식으로 입적을 시키고,
정상적인 교육을 받도록 최선을 다해 보살피도록 하겠
습니다.

박 여사   (소리) 철모르는 아이들이란 미우나 고우나 제 부모들밖
에는 몰라요. 우리가 제아무리 잘 해줘도 다 소용없어
요. 석이 저 애도 언젠가는 제 부모를 찾아갈 거라고요.

S#159. 시계 (인서트)

괘종시계가 3시를 알린다.

S#160. 보일러실 (밤)

캄캄하다. 배관이 어렴풋이 보일 뿐이다. 일순, 점화기 불빛이 번뜩이며 보일러가 작동된다. 그 불빛이 하나의 물체를 포획한다. 강아지의 흰 꼬리털이다. 강아지를 껴안은 손가락이 하얗게 드러난다. 석의 얼굴이 점차 보이기 시작한다. 바싹 움츠린 채 잠들어 있는 석. 그의 입가에 찐득한 콧물이 말라붙어있다. 오히려 평온해 보이는 그의 얼굴.

S#161. 카페

스탠드에서 혼자 술을 마시고 있는 표 기자. 이미 취한 듯 중얼거리고 있다.

표 기자	빌어먹을 자식, 진실을 외면하고 있어. 열이면 열, 백이면 백. 나 같은 기자란 놈들은 자신의 명예를 위해서 다른 사람 명예까지. 인격까지 짓밟아 버린다니까. 흥, 신문기자의 사명이 뭐 봉사라고? 대체 누구를 위한, 누구에게 봉사한단 말이야? 사회를 위해서? 나 자신을 위해서?
마담	(그의 곁에 앉으며) 여기 있는 이 몸을 위해서….
표 기자	맞았어! 바로 너야. 미스 진을 위해서….
마담	미스 진은 대쪽같은 사나이 표 기자님을 위해서….
표 기자	좋아, 우리를 위하여!

글라스를 부딪치고는 표 기자의 손을 가만히 감싸주며—

마담   말 못할 고민거리가 있나 보죠?

표 기자   이 세상은 진정한 이해나 협조보다는 오해나 모략이 더

              많아. 진실보다는 허위가 많고, 양심보다는 위선이 더

              판을 치고 있어. 위선자, 위선자들이 너무 많아!

마담   누가 위선자란 말이에요?

표 기자   그런 자식이 누구냐고? 흥, 여기 있는 나야. 바로 나 자신….

마담   호호 엉터리. 자기 스스로 위선자가 되는 게 어딨어요?

표 기자   아냐, 난 위선자야. 진실을 팔아먹은, 내 명예를 팽개친

              부도덕한 놈이라고. 왜 그러냐고?

마담   (재미있다는 듯 도리질)

표 기자   흥 난 세상 사람들을 기만했어. 나 자신을 속이면서 철

              없고 불쌍한 아이를 옴짝달싹 못 하게 새장 속에 가두

              어버리고 죄 없는 한 여인을 반역자로 몰아넣은 파렴치

              한 놈이란 말이야. 그러고서도 기자상까지 받았어. 상

              을 받았다니까. 내가 상을 받은 대신 나로 인해 매장을

              당한 사람들이 있는데도… 흐흐흐….

마담   표 기자님은 절대로 그럴 분이 아니에요!

표 기자   그래, 바로 그게 문제야. 절대로 그렇지 않을 것으로 보이

              는 놈이 그랬으니까 이 세상이 엉망진창이 되는 거라고.

              쓰레기 같은 놈! 한 여자의 생명까지 빼앗은 놈이야….

마담   여자라뇨?

S#162. 고문실 (비존)

난무하는 채찍. 날카로운 여자의 비명. 피투성이의 여체가 드러나자 불쑥 나타나는 심문관의 매서운 눈초리.

정 씨   (신음하듯) 절대로 우리 석인 남쪽으로 내려가지 않았습
              네다. 오마니를 두고 혼자 갈 아이가 아니란 말 입메.

신문관   그 에미나이가 제 주둥아리로 자유를 찾아서 북조선을
              탈출했다고 떠벌리는데두?

정 씨   아니야요. 우리 석이를 이용해스리 날 반동으로 몰아치
              려는 수작이라구요.

신문관   흠, 정작 믿지를 못하겠다면 확실한 증거를 보여주지.

벽면의 VTR을 작동하는 신문관. 석의 기자회견 장면이 재현된다. 신문관이 야멸스럽게 웃고 있다. 넋을 잃은 듯 화면을 향해 허우적대는—

정 씨   안 돼! 석아 그러면 안 돼!

만세를 부르는 석의 모습. 이미 체념한 듯 머리를 떨구는 정 씨. 신문관의 웃음소리와 함께 내려치는 채찍. 에코 되는 정 씨의 비명.

S#163. 동 카페

흘러넘치는 맥주잔. 이미 졸고 있는 표 기자.

S#164. 학교 정문 앞

이 회장의 승용차가 와 멎는다. 책가방을 멘 석이가 차에서 내린다. 차가 떠나자 손을 흔들어 보이는 석. 초등학교 정문 안으로 들어간다.

S#165. 교실 안

한 여자 어린이가 일어나 큰소리로 책을 읽는다.

여학생   명수 삼촌은 국군입니다. 작년에 군대에 갔습니다. 국군은 나라를 지킵니다. 낮에도, 밤에도, 비가 와도, 눈이 와도, 국군은 쉬지 않고 나라를 지킵니다. 그래서 공산군이 함부로 쳐들어오지 못합니다.

이 대목에서 학생들이 일제히 석을 쳐다본다.

여선생   (당황한 듯) 자 주목하세요! 여러분 10월 1일이 무슨 날

떠도는 혼

이라고 했지요?

일동   국군의 날요.

여선생   국군 아저씨들은 비가 오나, 눈이 오나 쉬지 않고 나라
          를 지키는 고마운 분들이에요.
          우리도 열심히 공부해서 국군 아저씨들처럼 나라를 위
          해서 좋은 일을 해야겠지요?

일동   예, 예….

꼬마1   선생님, 국군 아저씨는 좋은 사람이고, 공산군은 나쁜
          사람이잖아요.
          (석의 눈치를 살피며) 석이도 북에서 왔으니까….

여선생   그건 잘못된 생각이에요. 우리 석이 친구는 자유가 없
          는 북한에서 빠져나와 자유를 찾아 대한민국으로 온 아
          주 용감한 어린이예요. 석이는 마음이 착하고 신체도 건
          강하니까, 공부도 열심히 잘할 거예요.

꼬마2   선생님, 그러면 공산군도 우리나라에 오면 좋은 사람이
          되는 거예요?

여선생   그래요. 나쁜 일을 한 사람도 자기 자신의 잘못을 뉘우
          치면 선량한 사람이 될 수 있어요!

이해할 수 없다는 듯 갸우뚱하는 꼬마 1, 2의 표정에서—

S#166. 승용차 안

책을 펴보고 있는 석. 국군이 철책을 지키고 있는 그림이다. 그 그림을
예의 주시하는 석.

순이   (환청) 우리 선생님이 그러시는데 저기 북쪽에 사는 사
               람들은 나쁘다고 했어. 공산당이니까 그렇지?

S#167. 인서트

불쑥 나타나는 유치원 보모의 표독스런 얼굴.

보모   (날카로운 소리) 동무들, 남반부 국방군과 미군들이 레
               우리의 원쑤들이야요!

S#168. 동 승용차 안

책을 확 덮어버리는 석. 몹시 충혈된 그의 눈동자에서—

S#169. 유치원 교실 (비존)

분홍색 유니폼의 7~8세 된 어린이들이 초롱초롱한 눈빛으로 보모를 지켜보고 있다. 커다란 나무판을 들고 있는 보모. 그 대열에 끼어있는 석. 그 판에는 '놈' 자가 쓰여 있다. 보모가 글자판을 높이 치켜들며 '놈'이라 외치면, 아이들은 일제히 '놈'이라고 복창한다. 글자판을 돌리면 뒷면에는 국군과 미군이 그려져 있다. 보모의 선창에 따라 '놈'을 복창한다. 천진난만한 얼굴과는 대조적으로 앙칼진 목소리들. 선동적인 구호를 외쳐댄다. 악의로 가득 찬 그 표정들에서―

S#170. 운동장 (비존)

호루라기 소리에 맞춰 한 아이가 장난감 목총으로 허수아비를 찌른다. 차례차례 달려와 국군 허수아비를 찌르지만 넘어지지 않는다. 석이가 달려와 찌른다. 역시 넘어지지 않는다.

보모   동무들! 한 사람씩 찌르니까니 쓰러지지 않디요? 자, 이
                  번에는 여럿이 힘을 합쳐 찌르도록 해요.

호루라기를 획 분다. 세 명이 동시에 달려가 찌른다. 훌떡 넘어지는 허수아비.

보모	자, 동무들! 여러 사람이 힘을 합쳐서 찌르니까니 놈은 쓰러졌어요?
아이들	예···. 예.
보모	왜 그렇지요? 이런 걸 무어라 하지요?
아이들	(일제히) 조직입네다!
보모	다음에 놈을 쓰러뜨리는 것은 무엇이지요?
아이들	(일제히) 혁명입네다!

S#171. 동 승용차 안 (현실)

차장 밖을 주시하는 석. 그의 시선은 이미 흐려져 있다. 달리는 승용차.

S#172. 대한적십자사 본부

택시에서 내리는 표 기자. 급히 안으로 들어간다.

S#173. 동 사무실

컴퓨터에 찍혀져 나오는 이산가족 명단. 요란한 전화벨. 직원들의 부산

한 움직임. 적십자사 간부와 뭔가 숙의하고 있는 표 기자. 그의 진지한
표정에서—

S#174. 김 반장 사무실

담배를 꼬나문 김 반장이 텔레타이프 용지를 훑어보고 있다. 표 기자
가 김 반장 어깨에 바싹 다가선다.

표 기자	무슨 좋은 일이라도 있습니까?
김 반장	응, 표 형, 빌어먹을 또 살인사건이야.
표 기자	협조를 구하려 했더니만 바빠서 틀렸군요.
김 반장	뭐, 내가 도와줘야 할 일이 있어?
표 기자	살인사건보다 더 골치가 아플지도 모릅니다.
김 반장	(의아하게 본다)

S#175. 맥주 홀 (밤)

수북이 쌓인 맥주병. 취했으나 불꽃 튀는 시선들.

표 기자	제 스스로 십자가를 지겠습니다.

김 반장	십자가라니?
표 기자	속죄양의 십자가를요. 석이는 저 때문에 오히려 자유를 잃고 말았어요. 비약해서 생각한다면 석이 엄마 역시 우리 때문에 아마 모진 형극을 당하고 있을지도 모릅니다. 누가 그렇게 만들었는지 아십니까? 난 결국, 위선자로 전락하고 말았어요!
김 반장	극단적인 판단은 삼가는 게 좋아.
표 기자	천만에요! 나는 이성을 잃어버린 쓰레기 같은 놈이라고요. 하지만 저는 지금 잃어버린 이성을 되찾으려고 발버둥 치고 있는 겁니다. 석이에게 영원한 불행을 안겨줘서는 안 되니까요! 죄 없는 석이 엄마를 고통의 사슬의 빠져들게 해서는 안 되니까 말입니다. 우리 인간에겐 양심이라는 게 있질 않습니까.
	최소한의 양심이 있다면 나 스스로 십자가를 지고 석이를 진정한 자유인으로 풀어주어야 한다는 게 제 생각입니다. 반드시 석이를 회생시켜야 합니다!
김 반장	회생이라니?
표 기자	석이를 돌려보내야 한단 말입니다. 엄마 품으로….
김 반장	그건 안 돼!
표 기자	왜 안 됩니까? 내가 책임을 지겠다는데도….
김 반장	책임을 진다고? 일단, 사건은 종결됐어. 더 이상 왈가왈부할 게 못돼. 세상일이란 때로는 사사로운 감정과 개인의 가치보다는 집단의 입장이 더 중요시되는 때도 있기

마련이야.

표 기자   지금은 입장을 내세울 단계가 아니질 않습니까? 밤낮으로 엄마를 그리워하면서 심지어 단식투쟁까지 하는 그 어린 것이 불쌍하지도 않아요? 입장을 바꿔서 만일 반장님 자식이 그런 고통을 당하고 있다면 마음이 어떻겠습니까?

김 반장   이봐, 표 형 뜻을 모르는 게 아니야. 나 역시 그 점에 대해서는 동감이지만, 우리 정부 입장으로 봐서는 긁어서 부스럼 낼 필요가 없다 이 말이야. 비록 우리한테 도의적인 책임이 있다고 치더라도….

김 반장을 노려보는 표 기자. 마구 술을 들이켠다.

S#176. 밤거리

서로 어깨동무를 한 채 비틀거리며 가고 있는 김 반장과 표 기자.

김 반장   (소리) 이봐, 표 형! 너무 심각하게 생각하지 말라니 까. 우린 언제나 같은 배를 타고 정해진 항로를 따라 항해를 해 왔으면서도 사실 제각기 편견을 갖고 있었던 거야. 그건 어쩔 수 없는 문제야. 종착 항구가 서로 다르니까 말이야.

그런 과정에서 느낄 수 있는 것은 표 형과 나와의 입장이 결코 같을 수 없다는 점이야.

기자는 선의로 과오를 저지를 권리를 가지고 있어. 아울러, 타인의 정당한 이익이나 명예를 위해서 침묵을 지켜야 할 의무도 있지. 하지만 난 표 형과는 입장이 달라요. 국가의 이익을 먼저 생각해야 하거든….

표 기자   (소리) 그래요, 잘 지적했어요. 선의로 과오를 저지를 권리가 있다면 마땅히 인정할 수도 있겠지만, 불행하게도 난 사실을 기만하여 보도했기 때문에 직무상의 죄를 범한 거라고요.

김 반장   (소리) 하지만, 타인의 명예를 보장하기 위해서 자신의 명예를 저버릴 의무는 없어!

표 기자   (소리) 이율배반적인 논리군요!

S#177. 거리

자동차 물결. 모래알 같은 인파. 인파를 헤집고 책가방을 멘 석이 어디론가 무심코 가고 있다. 바싹 움츠린 어깨. 몹시 우울해 보인다. 벽돌 담벼락에 붙은 영화 포스터를 본다. 이쁜 여자 주인공이 웃고 있다. 유심히 본다. 그의 새초롬한 표정에서—

S#178. 정 씨의 얼굴 (인서트)

석의 얼굴에 더블 되어지는 온화한 미소의 석의 어머니 정 씨.

#179. 동 거리 (현실)

역시 여자 주인공이 웃고 있다. 젖어있는 석의 눈망울. 강렬한 햇빛. 다시 걷기 시작한다.

S#180. 이 회장 사무실

불안하게 서성이는 이 회장. 소파에 앉아있는 표 기자.

이 회장	(쏘아붙이듯) 기자회견까지 해서 국민 앞에 맹세했는데, 이제와서 다시 북으로 돌려보낸다면 세상 사람들이 날 어떻게 보겠냔 말이요!
표 기자	그렇다고 이 아이를 영원히 불행하게 만들 수는 없질 않습니까.
이 회장	그놈이 왜 불행하단 말이야? 잘 멕이구, 잘 입히구, 남 부럽지 않게 잘해주는데 뭣 때문에 불행해?
표 기자	석이가 바라는 건 좋은 옷이 아닙니다. 돈도 아닙니다.

맛있는 음식도 아닙니다. 그 아이가 진정으로 원 하는
건 자기를 낳아서 길러준 따뜻한 엄마의 품입니다.

더욱 침울해지는 이 회장. 계속 열변을 토하는 표 기자.

S#181. 석의 방

석이 앨범을 보고 있다. 순이의 웃는 모습에서 좀처럼 눈길을 떼지 못
하는 석. 이때, 이 회장이 들어온다. 석이 경계하는 눈빛으로 엉거주춤
일어난다.

이 회장   (일부러 온화하게) 학교는 잘 다녀왔느냐?

석   (끄덕이지만 눈길이 자꾸 앨범으로 간다)

이 회장   음, 표 기자가 네게 선물한 앨범이구나.
         (순이 사진을 짚으며) 이 아이가 보고 싶냐?

석   (긴장한 채 말이 없다)

이 회장   네가 보고 싶다면 데려올 수도 있어.

석   (일순, 밝아진다)

이 회장   흠, 석이가 보고 싶었던 친구가 바로 여기에 있었구나.
         사내대장부가 그런 마음을 가졌으면 애비한테 진즉 말
         을 해야지.
         (은근히 감싸 안으며) 석아. 이 애비는 비록 너를 낳지는

않았지만 널 친자식이나 다름없이 키우고 싶구나.

S#182. 김 반장 사무실

이 회장과 김 반장이 뭔가 숙의하고 있다. 김 반장의 심각한 제스처에서—

S#183. 63빌딩 수족관

유영하는 물고기떼를 보며 탄성을 지르는 석.

S#184. 동 관망대 (밤)

사방을 둘러보며 석에게 뭔가 열심히 설명하는 표 기자.
목마에 석을 태워 흔들어 준다.

표 기자	석이가 지금 타고 있는 게 뭐지?
석	(도리질)
표 기자	목마라는 거야. 나무로 만든 말이야.
	(말이 달리는 흉내를 내며) 히잉, 힝 말이 뛰는 거 봤어?

석   (재미있다는 표정이다)

표 기자   내일 진짜 말 타러 갈까?

석   증말요?

S#185. 민속촌 일각

색동옷 차림의 석이 의젓하게 말 위에 앉아있고, 표 기자는 초동이 되
어 말을 끌고 있다. 석의 즐거운 표정.

S#186. 베 짜는 집 (민속촌)

여인이 베를 짜고 있다. 유심히 지켜보는 석. 그 여인이 석의 어머니로
변한다.

S#187. 방 (비존)

정갈하게 머리를 쪽진 정 씨가 베를 짜고 있다. 노련한 손놀림. 그녀의
수삽한 얼굴에서—

S#188. 동 베틀 (현실)

베 짜는 여인의 쪽머리. 숙연해 하는 석. 석의 옷소매를 끄는 표 기자.

S#189. 야시장

와상틀에 앉아 파전을 먹고 있다. 댕기를 따고 심부름하는 여자아이를 유심히 보는 석.

표 기자	(넌지시) 순이를 닮은 것 같지?
석	(무안해 한다)
표 기자	순이가 보고 싶니?
석	(끄덕인다.)
표 기자	순이도 석이가 보고 싶을 거야….

S#190. 이북5도청 입구

표 기자 승용차가 들어선다.

S#191. 동 사무실

직원과 숙의하는 표 기자.

사무장   더욱이 지옥 같은 북한을 탈출하여 자유의 품에 안긴 어린 것을 다시 북으로 돌려보내다니 천부당만부당한 짓이에요

표 기자   우리의 현실을 외면하자는 건 아닙니다. 단지 인간생명의 존엄성에 대해서 사상과 이념을 떠나서 한번 생각해 보자는 겁니다. 석이는 아직 나이가 어린 철부지입니다. 그 아이는 자나 깨나 자신을 낳아서 길러 준 어머니만을 그리워하고 있을 뿐, 민족의 동질성이라는 것도, 사상과 이념이라는 것도, 그 아무것도 알지 못합니다. 단지, 북에 있는 어머니 품으로 가고 싶을 뿐입니다.

사무장   표 선생 말씀을 충분히 이해합니다만, 우리의 현실이…

표 기자   정부 체면과 입장이 앞선다는 뜻이군요?

사무장   보다 큰 문제는 1천만 이산가족의 쓰라린 마음에 다시금 풍파를 일으키지 말자는 겁니다.

표 기자   이산가족들도 그렇게 생각하고 있을까요?

사무장   이산가족 대부분이 북한 공산당들의 학정을 체험했으니까요.

표 기자   (일그러지는 표정)

S#192. 현상실

표 기자가 필름 작업을 하고 있다. 일순, 요란한 전화벨.

표 기자   여보세요. 네, 그렇습니다만.
                     뭐라고요? 석이가요? 알겠습니다.

S#193. 병실

석의 팔목에 꽂혀있는 혈관주사. 침울해 있는 이 회장과 박 여사. 이때 표 기자 들어온다. 예의 석을 살핀다. 깊이 잠들어 있는 석. 이 회장을 본다. 회한 서린 눈빛이다.

S#194. 병원 로비

간호사를 대동한 의사와 마주치는

이 회장   진단결과는 어떻습니까?
의사   지금 뇌 조직검사를 하고 있기 때문에 아직 확실한 증
                     세는 판단하기 곤란합니다. 평소에 특이한 변화는 없었
                     나요?

이 회장	잠들 때마다 헛소리하면서 식은땀을 자주 흘리곤 했어요.
의사	(끄덕인다)
표 기자	말수가 극히 적은 편이었죠. 내성적인 성격은 아니지만….
의사	그런 것 같아요. 다소 짐작이 가는 것은 정신질환에서 오는 실어증이 아닐까 하는 겁니다.
이 회장	실어증이라뇨?
의사	정신적 충격을 받게 되면 뇌세포가 파괴되거나 뇌의 신경이 자극을 받아 말의 기능을 돕는 신체조직이 마비현상을 가져오는 증세를 말합니다.
이 회장	(표 기자를 보며) 그렇다면……?
표 기자	(말없이 끄덕인다)

S#195. 골목길

비가 쏟아진다. 깃을 추스른 바바리코트가 온다.

표 기자	(독백) 인간이 어떤 이유로든 다른 사람의 생명과 자유로움을 빼앗을 수 있는 것일까. 인간이 만들어낸 체면과 입장이라는 게 대체 무엇이란 말인가?

S#196. 표 기자의 방 (밤)

원고지가 너저분하게 깔려있다. 몹시 취한 표 기자.

표 기자   (독백) 세상이 너무 지나치게 흥분을 했어. 철부지 어린
          애를 두고 매스컴이 필요 이상의 장난질을 했단 말이야.
          인간의 존엄성에 대한 깊은 사랑과 이해도 전혀 없었어!
          모두가 지신들의 과오를 깨닫지 못하고 있어. 진실, 진실
          을 외면한 채….

불현듯 그의 동공이 축소되면서 벌떡 일어나 벽에 걸린 금빛 메달과
액자를 내동댕이치고 만다. '오늘의 기자상' 액자다. 병술을 들이킨다.

표 기자   나 같은 놈이 뚱딴지같이 뭐 언론이라고? 천만에 난 신
          문기자로서 자격이 없어! 흥, 난 선량한 한 인간을 매장
          시키고 말았어. 고의적으로 과오를 저질렀단 말이야. 죄
          를 범하고 말았어! 직유기야, 직무유기…. 이 순간에도
          나 때문에 한 인간이 고통을 당하고 있을 거라고…

S#197. 수용소 (비존)

몹시 여원 정 씨가 누더기를 입은 채 사경을 헤매고 있다. 그녀는 연신

석을 부르며 헛소리를 되뇐다.

S#198. 동 표 기자의 방 (밤)

꾸벅 졸고 있는 표 기자.

S#199. 데스크

화면에 불쑥 솟는 윤 부장의 굳은 표정. 전화에 매달리며—

윤 부장	뭐야? 표 기자가 탄원서를 제출했다고? 도대체 내용이 뭐야?
수화기	(소리) 석이라는 소년을 북으로 다시 돌려보내자는 내용입니다.
윤 부장	그 친구 미쳤구먼. 제 손으로 거 월남했다고 특종을 만들고서 다시 돌려보내자니 정신이 돌았어!
수화기	(소리) 그리고 관계기관에 개인 자격으로 호소문도 보냈다고 합니다.

짐짓 굳어지는 윤 부장의 표정에서—

S#200. 경인가도

비상 라이트를 켠 승용차 한 대가 질주해 오고 있다.

S#201. 동 승용차 안

김 반장과 나란히 순이가 타고 있다. 순이의 긴장된 표정. 김 반장 시계를 본다.

김 반장	(운전사에게) 라디오 좀 틀어보게.
라디오	(소리) 정오 낮 뉴스를 전해 드리겠습니다. 지난해, 서해안 소금도로 의거 월남해 온 북한 소년 이석 어린이의 구출과정을 생생하게 취재하여 '오늘의 기자상'까지 받은 ○○일보사 표명부 기자가 이석 어린이를 북한으로 다시 돌려보내자는 공개탄원서를 제출했다고 관계 당국이 밝혔습니다.
	또한, 표명부 기자는 이석 어린이를 송환해 줄 것을 건의하는 개인 명의의 호소문도 대한적십자사에 제출했으며, 본인이 수상한 오늘의 기자상은 언론사에 정 중히 반납했다고 합니다….

담배에 불을 붙이는 김 반장의 손이 떨리고 있다.

| 김 반장 | (운전사에게)이봐. 좀 더 빨리 달려! |
| 운전사 | 알겠습니다. |

S#202. 이 회장 집무실

창밖을 보며 시름에 잠긴 이 회장. 여비서 들어온다.

비서	회장님, 석이 담임선생님이 오셨는데요.
이 회장	응, 들어오라고 해요.
	(여선생 들어오자) 어서 오세요. 바쁘실 텐데 여길 다 찾아주시고….
여선생	회장님께 상의드릴 일이 있어서….
	(노트를 꺼내며) 석이가 쓴 일기장입니다. 이렇게 적혀있더군요.

| 이 회장 | (유심히 본다) |

| 석 | (소리) 내레 집을 떠나온 지가 십 년은 더 된 것만 같다. 오마니는 내가 할아버지와 함께 죽은 거로 알고 있을지 모른다. 오마니가 보고 싶다. 오마니가 보고 싶다…. |

이 회장, 여선생을 본다. 그의 얼굴에 경련이 일고 있다.

떠도는 혼

S#203. 병실

김 반장을 따라 순이 들어온다. 동공이 멎은 듯 석을 꿰뚫어본다.

순이   (마음의 소리) 석아, 왜 이렇게 누워있어? 몹시 아픈 모양이구나. 난 네가 건강하게 잘 지내고 있는 줄 알았단 말이야. 석아, 눈 좀 떠봐. 날 데려오라고 했다면서? 정말 내가 보고 싶었어? 사실은 나도 네가 어떻게 지낼까 하고 궁금했었어. 네가 생각날 때마다 산 위에 올라가 먼바다를 향해 네 이름을 불렀어! 석아, 빨리 나아서 같이 우리 섬으로 가자.

함초롬히 젖은 순이의 눈망울에서—

S#204. 데스크

윤 부장 책상 위에 불쑥 내밀어 지는 봉투. 사직서다. 머쓱하니 보는 윤 부장. 표 기자, 묵묵히 서 있다.

윤 부장   이게 뭐야?

표 기자   죄송합니다.

윤 부장   죄송이라니?

표 기자	좀 쉬고 싶습니다. 일방적으로 결정한 걸 이해해주십시오.
윤 부장	헛, 이 사람 정신 나갔구먼! 다 끝난 일을 들춰내서 뭘 어쩌자는 거야?
표 기자	끝난 게 아니라 지금부터 시작입니다.
윤 부장	이봐, 자네 마음을 모르는 게 아니야. 허나 남북 현안은 자네가 간섭한다고 해서 해결될 일이 아니란 말이야.
표 기자	석이 문제는 간섭이 아니라 의당히 스스로 처리해야 할 문제입니다. 제가 도와주지 않으면 안 될 일입니다.
윤 부장	휘발유 통을 들고 불 속으로 뛰어드는 짓이야!
표 기자	아무래도 좋습니다. 이미 불은 질러났으니까요!
윤 부장	제기랄, 그 아이를 북으로 돌려보내는 것만이 최선의 방법이라고 주장하는 자네 그 고집이 비위가 상한단 말이야. 탄원서를 내고, 기자상을 반납한다고 해서 자네 순수한 양심과 진실이 밝혀질 거라고 생각하나? 밝고도 어두운 게 세상 사람들 마음이야!
표 기자	여하튼 걱정해 주셔서 감사합니다.

표 기자가 돌아서자 봉투를 갈기갈기 찢어버리는 윤 부장. 서로의 시선이 불을 튀긴다.

S#205. 공중전화 박스

전화를 걸고 있는 표 기자.

표 기자	먼저 상의드리지 못한 점 사과드립니다.
김 반장	(소리) 표 형한테 소환장이 떨어졌어!
표 기자	예측한 대로군요. 그래, 제가 도와드릴 일이 뭡니까?
김 반장	(소리) 돕는다고? 헛 그렇지. 여기까지 좀 와줘야겠어!
표 기자	이제 더 이상 반장님과 얘기하고 싶지 않은데요.
김 반장	(소리) 타협하자는 게 아니야. 어디까지나 소환이야. 소환!
표 기자	이젠 막가자는 거군요.
김 반장	(버럭) 시간이 급해!
표 기자	(뻥해진다)

S#206. 병실 (밤)

관을 타고 방울지는 주사액. 석의 팔목에 꽂혀있는 주삿바늘. 그 옆에서 순이가 졸고 있다. 석의 눈까풀이 움직인다. 순이를 본다. 일순, 굳어지는 석. 벌떡 일어난다. 입술이 경련을 일으킨다. 하지만 말을 못한다. 순이 얼굴을 유심히 들여다본다. 목울대를 추스르는 석, 가만가만 순이 어깨를 흔든다. 깜짝 놀라는 순이, 기겁한다.

순이	(정신을 가다듬어) 석아!
석	(울먹인 듯한 눈빛이다)
순이	(뚫어지게 보며) 석아!
석	순이···.
순이	(손을 덥썩 잡으며) 석아, 왜 아팠어?
석	(숙연한 채 말이 없다.)

이때, 간호사 들어오자 서로들 놀랜다.

S#207. TV 화면 (인서트)

응접실 벽난로 위에 놓인 조그만 새장. 그 새장 속에 갇힌 한 마리의 새가 안절부절 쫓기고 있다. 새를 향해 앙칼지게 짖는 강아지. 이윽고 새장을 물어뜯기 시작한다. 털이 빠지도록 푸드덕거리는 새의 안타까운 몸부림.

S#208. 캔버스

캔버스 위의 그림 붓이 움직이다가 뚝 멈춰진다.

S#209. TV 화면 (인서트)

계속 난투극을 벌이는 강아지와 새장 속의 새. 일순, 요란스런 전화벨. 그 벨 소리에 놀란 강아지가 새장을 쓸어안은 채 벽난로 아래로 굴러 떨어진다. 저절로 새장 문이 열리면서 가까스로 탈출하는 새. 날아가는 새를 허탈하게 보는 강아지.

S#210. 화실

충혈된 표 기자의 눈동자. TV 화면을 본다. 겁먹은 듯 새가 앉아있다. 안도의 숨을 내쉬는 표 기자. 계속 울리는 전화벨. 수화기를 든다.

표 기자　　　여보세요, 뭐라고요? 송환이 결정됐다고요?
표 기자　　　(마음의 소리) 석이, 석이가.

다시 TV 화면을 본다. 그 새가 어디론가 날아가고 있다. 들고 있던 그림 붓을 내던진다. 밖으로 뛰쳐나간다. 덩그렇게 남은 캔버스.

S#211. 성당 안 (밤)

섬광, 뇌성, 십자가상, 성모 마리아상, 파들거리는 촛불. 온몸이 비에 흠뻑 젖은 채 무릎을 꿇고 기도하는 표 기자.

라디오   (소리) 의거 월남 소년 이석 어린이를 북으로 다시 돌려보
                내야 한다는 각계각층의 호소와 언론의 끈질긴 노력으
                로 결국 이석 어린이가 그토록 그리던 어머니 품 안으로
                다시 돌아가게 되었습니다. 이석 어린이의 송환 시기와
                방법은 북한 측과 합의 절차에 따라 결정될 예정입니다.

번뜩이는 십자가. 아련히 들려오는 성당 합창 소리. 더욱 고조되는 성
가 코러스.

S#212. 백화점

의류 코너에서 장갑을 고르고 있는 표 기자.

S#213. 지하도

선물 꾸러미를 끼고 휘파람을 불며 뛰는 듯 걷는 표 기자.

떠도는 혼   259

S#214. 거리

수많은 인파로 술렁이는 거리. 두더지 잡기 놀이를 유심히 보는 표 기자. 석을 떠올린다.

S#215. 비존

표 기자에게 눈 뭉치를 한 방 먹이고 깔깔대며 도망가는 석. 표 기자 얼굴에 피어나는 함박웃음. 활짝 웃고 있는 길가의 마스코트.

S#216. 통일로

에스코트하는 경찰 사이드카. 달리는 승용차 대열.

김 반장   (소리) 표 형은 말이야, 양심과 도덕을 밑천으로 하는 정
                        의주의자가 돼버렸어! 대체 그 저력이 뭔가?

표 기자   (소리) 우리 사회에 인간의 양심이 아직 살아있다는 증
                        거겠죠.

김 반장   (소리) 캄캄한 밤하늘 별빛이 모이면 때로는 달빛보다
                        더 밝아 보이거든! 하나하나 그 별이 우리 인간의 진실
                        한 마음이라면 그 마음들이 합쳐져 역시 정 의로운 사

회를 만들 수 있을 거야.

표 기자   (소리) 반장님도 저와 동업자가 될 수 있겠군요.

김 반장   (소리) 뭐야, 동업자라고?

표 기자, 김 반장 (소리) 하, 하, 하….

S#217. 통일로 일각

북으로 향하는 석의 일행 차량. 도로변의 화사한 꽃들.

순이   (에코 되는 소리) 석아, 우리가 언제쯤 또 만날 수 있을
                까? 태풍 없는 날, 높은 산 위에 올라가면 네가 사는 동
                네가 보일지도 몰라. 내가 널 부를 때마다 큰소리로 대
                답해야 돼. 그리고 내가 사는 섬에 다시 놀러 와! 기다
                리고 있을게….

석   (소리) 응, 꼭 갈게. 순이 사는 섬에 꼭 찾아갈 거야!

S#218. 자유의 다리

짙푸른 강물. 강변에 드리워진 철조망. 다리를 사이에 두고 포진해 있
는 유엔군과 북한군. 우리 측의 차량 행렬. 많은 사람. 표 기자, 김 반
장, 이 회장, 박 여사, 순이, 내외신 기자들. 석의 등을 어루만지며 속

삭이듯―

표 기자   나중에 석이 엄마랑 같이 아저씨 만나면 사진 많이 찍어줄게!

석   (시무룩하니 말이 없다)

표 기자   아저씬 죽을 때까지 석이를 잊지 않을 거야!

석   저도 아저씨를 항상 생각할 거야요!

표 기자   고마워. (선물 꾸러미를 건네주며) 이거 장갑이야. 하나는 석이 거고, 또 하나는 석이 엄마 거야. 너희 동네는 여기 남쪽보다 더 춥겠지? 이건 아저씨 얼굴을 닮은 마스코트야.

마스코트가 웃고 있다. 표 기자의 얼굴을 예의 본다. 그의 눈에 눈물이 고인다. 목울대를 추스르는 표 기자.

석   아저씨!

표 기자   응?

석   (울먹이며) 고맙습네다!

표 기자   (애써 태연하며) 석이는 착하고 씩씩한 어린이니까 틀림없이 훌륭한 사람이 될 거야!

석   (울음을 터트리며) 아저씨!

서로 부둥켜안고 오열하는 표 기자와 석.

S#219. 판문점

군사분계선 좌우로 상호 대치하고 있는 남북한 무장군인들. 김 반장을 비롯한 관계요원이 석의 인도 준비를 끝내고 북측요원이 나오기를 초조하게 기다리고 있다. 김 반장, 연신 시계를 본다. 내외신 기자들 역시 수군덕거린다. 점점 긴장하는 석의 일행들. 석이 뒤를 돌아본다. 순이와 시선이 마주친다. 서로 울상이다. 표 기자와도 눈이 마주친다. 불안한 석의 눈빛. 일순, 석의 일행을 향해 거만하게 다가오는 한 명의 북측요원. 봉투에서 종이를 꺼내 또박또박 읽기 시작한다. 터지는 플래시 세례.

북측요원   (에코 되는 소리) 우리 측 입장을 전달하겠습네다.
               전체 인민의 반역자 이석을 인민의 이름으로 처단해야
               마땅하나, 우리 측은 인도주의 차원에서 인간의 생명을
               중요시하므로 관용을 베풀어 이석의 송환을 받아들이
               지 않기로 결정하였습네다!

북측요원의 웃음기 서린 묘한 표정. 태연하게 되돌아간다.

표 기자   (발악하듯) 안 돼! 석이를 데려가시오! 석이가 엄마를 만
               나게 해달란 말이오!

뛰어드는 표 기자를 총으로 가로막는 유엔군 헌병. 일순, 석이가 북쪽을 향해 뛴다. 그러나 북측 초병의 총검이 석이 앞을 가로막는다. 내외

신 기자의 플래시 세례. 석의 울부짖음이 포탄의 파열음처럼 에코 되면서— 비상하는 비둘기떼.

떠오르는 엔딩 마크.

〈F.O〉

동아일보 사장이 신춘문예 당선패를 전달하는 모습

동아일보 신춘문예 출신 문학인 대표 이문열 소설가와 함께

상　　패

시나리오 당선
「떠도는 혼」
成 東 珉

위 분은 본사 1987년도 신춘문예공모
시나리오 부문에서 당선하였으므로 상패와
부상을 드립니다.

1987년　1월　20일

東亞日報社
社長 金 聖 悅

동아일보 신춘문예 당선 상패

극동 스크린 〈떠도는 혼〉 영화제작 포스터

반공영화 '떠도는 혼'에서 주연을 맡은 김광호군(가운데).

김만철씨 막내아들 광호군

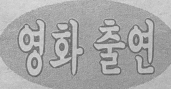

영화 출연

김만철씨 일가의 막내 아들 광호군(12)이 영화에 출연한다. '동토의 왕국'을 해상 탈출한 김씨의 3남2녀중 막내인 광호군이 보여줄 연기는 현역 육군 소령이며 시나리오 작가인 성동민씨(36)가 쓴 오리지널 시나리오에다 고영남감독이 메가폰을 잡은 영화 '떠도는 혼'. 영화 '허튼 소리'의 제작사인 주식회사 극동스크린(대표 김승)이 창사기념으로 오는 7월말부터 제주도에서 올 로케이션으로 촬영에 들어간다. 남북분단의 비극을 인도주의적 입장에서 냉철히 해부한 신문기자의 고뇌어린 시선이 감동적으로 그려질 반공영화.

광호군은 11살짜리 북한 소년 석을 맡게 된다. 할아버지 황노인(최불암)과 함께 나룻배로 고기잡이를 하다가 거친 풍랑에 할아버지를 잃고 홀로 바다를 표류하다가 한 섬에 정착하면서 '그곳에서 만난 소녀를 통해 '따뜻한 남쪽나라'의 행복을 알고 그곳을 동경하게 된다는 내용. 작가가 87년 동아일보 신춘문예에

30   TV가이드

굿바이 DMZ

지난 4월 서울 여의도 실내수영장에서 '아시아의 인어' 최윤희의 지도로 수영을 배우고 있는 광호군.

다고.

"그러고나서 지난 6월에 영화사 측에서 뜻밖의 제의를 해왔어요. 광호를 석이역에 맡기고 싶은데 한 번 의사를 확인해달라는 거였죠. 물론 그렇게 되면 괜찮겠다고 생각했어요. 실감있고 의의도 깊고"

그래서 작가자신이 직접 김만철씨를 두차례 만나 작품의 성격을 자세히 설명하고 간곡히 요청, 광호군 출연 승낙을 받아내는데 성공했다는 것.

"처음엔 당치 않다는 표정이었어요. 북한에선 민간인이 영화에 출연한다는건 상상할 수도 없었을테니까요"성동민씨는 김만철씨를 만나는 과정에서 광호군을 유심히 관찰하는걸 잊지 않았다. 석이같은 비중있는 역을 연기경험이 전혀 없는 이 소년이 과연 무난히 해낼 수 있을까 하는 염려 때문.

"그동안 TV인터뷰등 숫기있고 붙임성도 좋아 충분히 해낼수 있으리

남쪽나라 동경하는 북한소년역

응모해서 시나리오부문에 당선한 작품.

"작품은 지난 85년에 써서 추고한 겁니다. 지난 1월 1일자에 신춘문예에 당선했고 그후 20여일후 김만철씨 일가가 귀순, 우연치고는 너무나 묘한 인연이란 생각입니다"

이런 화제성 때문에 KBS TV와 영화진흥공사가 각각 TV드라마와 영화로 만들겠다고 제의해왔으나 지난4월 극동 스크린과 계약하게 됐

란 자신이 생겼어요. 형제들 중에서 성격도 가장 명랑쾌활하다고 하더군요"출연료는 7월 10일 이후 결정될 예정.

작가 성동민씨는 전남 여천에서 태어나 연세대 국문과와 동국대학원 국어교육과를 졸업. KTV 전쟁드라마 '전우'를 3년동안 집필했고 국군홍보영화 '배달의 기수'의 시나리오를 5년(78~83년) 동안 써온 현역군인이다.   〈문호〉

KBS-TV 주간 특집드라마

〈전우(戰友)〉 제34화

노도(怒濤)를 헤치며

"70년대 말부터 80년대 초까지 전국의 남녀노소 시청자들을 흑백 TV 앞으로 불러모았던 KBS의 대표적인 최고 인기드라마 〈전우〉

당시 소대장으로 등장한 나시찬. 강민호를 청춘스타로 등극시켰던 메머드 액션드라마 〈전우〉 명예롭게 군 생활을 마친 자가 자신의 생애에 영원히 남길 수 있는 최고의 유산은 '군번'과 '전우애'뿐임을 명심하자…."

⟨전우(戰友)⟩ 제34화 – 노도(怒濤)를 헤치며 줄거리

필승함대.

일망무제의 파도를 넘으며 의기양양하게 항진하는 일단의 해군 함정.

해군가가 울려 퍼지는 가운데 용감무쌍한 바다의 사나이들이 전투준비를 하며 용트림한다.

1951년 4월 5일.

서해를 항해 중인 ○○함에 새로운 작전 임무가 시달된다.

(○○지점 표류하는 소형 발동선을 포획하라.)

함장 이하 작전팀과 강 상사를 비롯한 특수 대원들은 작전 계획을 수립하거나 적정판단에 주력하고, 대원들은 전투준비에 만전을 기한다.

강 상사 팀이 이미 체득한 모진 교육훈련 장면, 장면이 커트 백 되는가 하면, 함상.생활에서의 특이한 내면적 갈등과 바다 사나이들의 정신적 자세, 그리고 용맹한 해군 해병의 기개와 투지를 부각시킨다.

○○함 침투작전 계획이 은밀히 완성되자 팀별 행동이 개시되면서, 강 상사의 특수분대는 항진강 소해 작전을 통한 기뢰제거 헬기구조, 스크루 어망제거 등 실로 어려운 중간임무를 성공적으로 수행한다.

작전의 기본 골간은 발동선 표류지점의 돈키 대원 구출에서부터 전개된다.

돈키 대장 송 대위는 거센 풍랑 속에서 백기를 흔들면서 계류를 호소했고, ○○함은 그를 무사히 구출하여 뜻밖의 정보를 입수한다.

몽금포 동쪽 덕동해안 근처 인민군 포로수용소에는 수많은 반공 포로가 감금되어 있어 이들을 구출해 달라는 내용이었다. 이 사실이 상부에 보고되자 또 다른 작명이 하달되는데, '돈키 대원을 지원, 반공 포로를 구출하고 ○○지역 해안포를 강타하라.' 해군본부 작전명령 제25호였다. 칠흑 같은 밤에 특수 작전은 암암리에 치밀하게 진행된다.

기만작전, 공중침투조에 의한 사전작전 상황을 노출함으로써 적의 주력을 분산케 하고, 적정을 교란하면서 아군의 함포사격과 함께 강 상사의 특수조가 상륙전에 의한 해상침투를 시도하는 것이다.

이 무렵, 인민군 포로수용소에서는 반공 포로에 대한 적들의 갖가지 만행이 자행되고, 특히 돈키 대원 윤 중사와 오 선생에 대한 악랄한 고문이 시작된다.

그들과 함께 투옥된 미모의 순옥은 놈들에게 농락을 당하고 그녀의 시누이 정숙은 피투성이 반공 인사들을 극진히 간호하며 탈출을 계획한다. 드디어 작전개시 신호와 함께 수색팀에 의한 공중침투가 시도된다.

치열한 함포사격. 강 상사 침투조의 상륙전 감행.

험난한 절벽 극복과 적과의 조우. 김 중사 팀에 의한 적 해안포 박살.

인민군 주둔지까지의 악전고투. 반공 포로와의 극적인 해후.

적들에게 이용당한 순옥이 포로를 구출할 것을 결심, 결국은 윤 중사에게 탈출기회를 제공한다.

피아간의 극한 접전이 계속되는 가운데 비참하게 감금된 반공 포로들을 무사히 탈출시키고, 돈키 대원 윤 중사를 구출, 귀환하는 강 상사 일행.

자동화기 사수를 쇠사슬로 묶어놓거나 산병호마다 독전대를 비치시키는 등 실로 비인간적인 인민군의 만행을 폭로하고, 이에 반해 강 상사 특공대의 헌신적인 동포구출과 모진 희생을 감내하며 과감히 적 해안 포를 궤멸하는 용맹성을 적나라하게 부각시키며 접적 상황을 유도한다. 성공적으로 임무를 완수한 팀원들은 다시 난코스인 절벽을 넘어 적진을 탈출하며 최후의 인민군 소탕을 시도한다.

육상, 해상, 공중 합동 탈출 과정에서의 각개 대원들의 처절한 생환 모습이 리얼하게 그려지면서 함상에 합류한 용사들의 감격스러운 환희!

〈전우〉 주제곡이 흐르며─

엔딩 마크.

- 강 상사와 그의 대원들

- 원 대령 (함장)

- 김 중령 (부장)

- 정 대위 (수색팀장)

- 송 대위 (돈키 대장)

- 김 중위 (갑판사관)

- 윤 중사 (돈키 대원)

- 오 선생 (반공 포로)

- 정숙 (반공 포로)

- 순옥 (반공 포로)

- 군관 (포로수용소)

- 여전사 (포로수용소)

- 해군 수병들

- 인민군들

- 해병들

- 기타 다수

노도(怒濤)를 헤치며

S#1. 타이틀 백 – '노도를 헤치며'

S#2. 바다

여명의 망망대해. 아스라이 펼쳐진 수평선.

S#3. 연안 수로

일망무제. 파도를 넘으며 항진하는 일단의 함대. 함미에 부서지는 격랑의 포말. 웅장하고 의기양양하다. 은은히 울려 퍼지는 '해군가'

S#4. ○○ 함대

비상하는 갈매기. 마스트에 펄럭이는 태극기. 함대기, 레이다의 부산한 움직임 선회하는 함포. 요소요소에 전투 배치된 수병들. 물 위에 뜬 함정의 실루엣—

S#5. 함교

파이프를 물고 바다를 응시하는 함장의 뒷모습. 창 너머 갑판에 운집하는 수병들의 잽싼 동작. 일조 점호인 듯.

S#6. 견시데크

쌍안경으로 전방을 관측하는 강 상사. 후렘에 포착되는 섬, 섬들.

S#7. 갑판

질서정연한 수병들, 상의를 탈의한 채 피티체조. 구령하는 사관의 번뜩이는 눈빛, 하얀 입김. 하나, 둘, 셋, 넷.

S#8. 전탐실

작동하는 레이다 스코프. 이를 주시하는 감시원. 전탐수가 뭔가를 설명한다.

S#9. 침실

돌아누운 김윤형의 허리를 발로 껴안고 잠든 이문환. 팬티와 허벅지가 꼴불견이다. 수직 사다리를 내려오는 조 하사 세면장에 다녀온 것 같다. 어이없어 휑하니 본다. 잠꼬대하며 피식 웃는 문환, 더욱 기가 찬다. 손바닥으로 냅다 허벅지를 갈기며—

조 하사   기상, 기상!

벌떡 일어나 차려자세를 취하는 운형과 문환.

조 하사   요것들 봐라, 심지 굳은 해병대 근성을 아직도 모른단
              말이지? 이 일등병!
문환   넷, 한번 해병이면 영원한 해병, 명령에 죽고 사는.
조 하사   (기막혀) 그만! 지금 잠꼬대하는 거야 뭐야? 중대한 작
              전 임무를 띠고 온 놈들이 대체 이게 무슨 꼴이야? 진
              해 앞바다 시궁창 군기를 벌써 잊었나?

윤형	(퍼뜩 긴장하며) 아닙니다!
조 하사	철길은 녹슬어도 해병대 정신만은 녹슬지 않는다는 사실을.
(복창)	명심하겠습니다!
조 하사	각자 위치로!

해병 경례하며 주섬주섬 옷을 입는 둘. 빙긋이 웃는 조 하사.

S#10. 중앙 통로

함교 쪽에서 강 상사 온다. 김 중사, 스코틀에서 나오다가 마주친다. 유디티 차림이다.

민호	별일 없는가?
시원	예, 대원들은 모두 건재합니다. 우린 언제쯤 출동하게 됩니까?
민호	오늘 작전회의에서 결정될 거야. 멋있는 꿈이나 꾸라고.
시원	고래사냥 꿈 말입니까?
민호	호랑이 사냥이지.

S#11. 회의실

벽면 작전상 황도섬의 한 지점. 지시봉 끝이 와 멎는다. 긴 테이블을 중심으로 각급 지휘관, 참모들이 임석한 가운데 작전회의가 진행된다. 미도로스 파이프 함장. AMS(소해함), LSMM(로키트함), ARS(해난구조함), LST 등 함장들. 유.디.티. 팀장 강 상사와 수색팀장 정 대위 얼굴. 긴장된 표정들이다.

함장   전쟁역사에서 볼 때, 해양력을 확보하지 못한 군사 작전이란 일종의 모험이요, 투기에 지나지 않았다. 전쟁 규모와 형태, 또는 지역과 관계없이 제해권을 장악하는 것이야말로 최후의 승리를 기대할 수 있는 필수요건이 되는 것이다.

S#12. 함교

분주한 당직 근무자들. 전문을 접수하는 조타수 사관에게 건네준다.

함장   (소리) 지금까지 우리는 제해권을 확보하기 위한 수단으로 미 해군에 의지하여 기껏 소해 작전 내지는 적 해안 선교란 임무만을 수행해왔지만, 이제부터는 보다 적극적이고 과감한 근접작전을 시도하지 않으면 안 된다.

S#13. 중앙 통로

급히 뛰는 사관. 회의실 스코틀로 들어간다.

S#14. 회의실

들어서는 사관. 쩌렁쩌렁한 함장의 음성. 우뚝 서버린다.

함장   따라서 이번 작전은 귀관들의 예리한 판단과 생사를 초
            월한 희생정신이 요구될 수밖에 없다.

함장에게 전문을 건네는 사관. 순간, 굳어지는 함장.

〈O.L〉

S#15. 바다

석양의 수평선 함수에 부딪히는 격랑.

S#16. 함교

급히 함장이 들어선다. 쌍안경으로 전방을 관측하며.

함장	키 왼편 전타!
조타수	(복창) 키 왼편 전타!
함장	양현 앞으로 최전속!
조타수	(복창) 양현 앞으로 최전속!

S#17. 기관실

점차 가열되는 엔진의 굉음 땀투성이의 기관수.

S#18. 후갑판

격랑의 포말을 일으키는 스크루 항적.

S#19. 마스트

찢어질 듯 펄럭이는 항해기. 급회전하는 레이다싸이트.

S#20. 침실

널려있는 잠수장비와 쉼빽. 김 중사 일행이 장구를 점검하고 있다. 수직 사다리를 내려오는 엉덩이, 강 상사다. 긴장하는 대원들.

민호   정확히 10분 후에 총원 전투 배치된다. 신속히 동작을 취하도록….

조 하사   이번엔 어떤 사냥입니까?

민호   돈키를 구출하는 거다.

문환   돈키란 게 뭡니까?

박 하사   이 친구야 돈키호테도 몰라?

민호   천만에 그건 특수임무를 띤 아군 유격부대 별칭이야.
         (일동 폭소) 덕동 지점에 표류하는 소형 발동선을 포획하라는 작전명령이다.

문환   그런데 선임하사님 이거 피라미나 낚으러 다니라니 우리 유디티 체면이 말이 아니네요.

민호   이번 작전의 성격상 할 수 없다. 기뢰제거 임무 역시 미군에게 맡겨져 있으니까….

S#21. 어뢰 갑판

출렁이는 거센 파도

S#22. 견시 덱크

물보라와 함께 어둠이 엄습해 온다. 먼 곳을 주시하는 부장 김중령의 긴장된 얼굴.

S#23. 함교

레이다스코트를 들여다보는 함장. 긴장한 근무자들. 째질듯한 전탐실 스피커에서—

스피커	스컹크 접촉 방위 140도, 거리 2만, 침로 ○○5도, 레이다 상 대형
함장	스캉크 지정 잉어. 계속 전탐 감시하라!
스피커	스캉크 잉어 보고. 변침변속 018도, 속력 10노트
함장	본부에 접촉 보고 타전하라! 키 오른편 전타.
조타수	(복창) 키 오른편 전타!
함장	양현 앞으로 최전속!
전령수	(복창) 양현 앞으로 최전속!
함장	(지휘용 마이크를 잡고) 전탐실, 기관실 전투배치! 실전 총원 전투배치!

복창하는 근무자들.

S#24. 침실

울려 퍼지는 스피커.

스피커　　　실전 총원 전투배치!

번개처럼 뛰어 오르는 강 상사 대원들.

S#25. 몽타주

좌·우현 통로를 뛰는 수병들의 실루엣. 스코틀에서 빠져나오는 강 상사 일행. 요소요소에 배치되는 라이프쟈켓과 철모들. 숨 가쁜 레이다사이트. 급선회하는 트렉터 벨소리. 인양기로 옮겨져 장전되는 거대한 포탄. 사격 태세를 갖추는 거포. 터질 듯 가속되는 기관실. 함장의 굳은 표정에서—

S#26. 후갑판

물결을 파고드는 거센 바람. 잠수복을 착용하는 강 상사 일행.

재훈　　　(윤형에게) 헤이, 물개! 오랜만에 물맛 보게 되어 신나는
　　　　　모양이지?

윤형	절로 구미가 도는데요.
재훈	쫄병 땐 항상 그런 기분일 거야.
윤형	누군 뱃속에서부터 고참이었습니까?
천만	그게 고린도전서 몇 장, 몇 절에 있더라.
재훈	야 임마! 해병 전투서열을 뭐로 알고 함부로 놀리는 거야?

S#27. 견시데크

어둠이 몰려온다. 대공 망원경으로 사방을 관측하는 부장 김중령. 이 때 어느 근무자의 외침.

수병	부장님 저길 보십시오!
부장	뭐야?
수병	어선이 보입니다.
부장	(쌍안경으로 보며) 즉시 보고하라!
수병	(총 화구에 대고) 우현 견시 보고! 어선 한 척 방위 ○○ 도, 거리 ○○, 우현에서 좌현으로 이동 중임.

S#28. 함교

쩡쩡 울려 퍼지는 스피커. 타룬을 움켜잡은 조타수. 함장의 파이프 손이 사르르 떨린다. 쌍안경으로 관측한다. 후렘에 비치는 소형 선박.

굿바이 DMZ

S#29. 바다

미친 듯이 용트림하는 파도. 한 겹 나뭇잎처럼 떠밀리는 어선 한척.

S#30. 함교

연신 쌍안경으로 어선을 살피는 함장.

함장	저게 틀림없군. 조명사격을 준비하라!
포술장	(복창) 조명사격 준비! 51포 조명포 설정, 51포 조명탄 장전
함장	조명탄 발사!
포술장	(복창) 조명탄 발사
	(송화기에) 쏴!

S#31. 바다

불을 뿜는 51포. 하늘을 치솟는 조명탄의 불꽃 유영. 천지가 대낮처럼 밝다.

S#32. 어선

격랑의 포말이 어선을 뒤덮는다. 백기를 흔들며 계류를 원하는 듯 허우적대는 돈키 대원.

S#33. 후갑판

보트에 탑승하는 강 상사 일행. 유디티복에 단독군장이다.

S#34. 바다

함대로부터 쏟아지는 탐조등 불빛. 그 사이로 미끄러져 가는 고속보트. 어선의 송 대위를 계류한다.

S#35. 함장실

함장 이하 참모장교들과 강 상사 수색팀장 등이 돈키 대장인 송 대위를 둘러싸고 있다.

송 대위   현 위치로부터 놈들의 해안포가 있는 곳까지는 약 10마일. 그 어간에는 함정이 다닐만한 수로마다 기뢰가 매설되어 있습니다.

S#36. 해안 근처 (낮) - 공중촬영

바다에 떠 있는 부유물들. 기뢰다. 기암절벽을 따라가면 위장망으로 은폐된 적 해안포. 내륙 한 곳의 인민군 주둔지에 수많은 양민이 야지에 구금된 듯하다.

송 대위   (소리) 덕동 부근 해안선에 놈들의 해안포 3문이 있고 그 앞바다에 많은 수중장애물이 부설되어 있습니다. 그리고 해안포에서 남쪽으로 약 1.5마일 지점 고지 중턱에 인민군 1개 중대 병력이 주둔하고 있는데, 여기가 바로 반공 포로들이 수용된 곳입니다.

S#37. 함수

청룡이 하늘로 치솟듯 일렁이는 파도. 좌우현에 쏟아지는 거센 물보라.

S#38. TT실

텔레타이프에 찍혀 나오는 전문내용.

"돈키 부대를 지원. 반공 포로를 구출하고 ○○지역 해안포를 강타하라!"

S#39. 침실

머리를 맞대고 적정판단에 여념이 없는 강 상사. 대원들. 등고선이 선명한 작전지도. 손끝의 한 지점에서 강 상사의 심각한 표정.

민호   여기가 바로 놈들의 해안 경계초소다. 이곳에 배치된 해
           안포는 76밀리 직사포 3문과 105밀리 박격포 2문. 각
           분초마다 7명 정도의 경계병이 근무하고 있다.

S#40. 인민군 해안초소

벼랑에 부서지는 파도. 절벽을 타고 오르면 위장망에 둘러싸인 해안포들. 근무 교대하는 인민군. 긴장이 감돈다.

민호   (소리) 해안포가 위치한 대안으로 직접 침투한다는 것은
           화약을 안고 불 속으로 뛰어드는 거나 다를 바 없다.

재훈	(소리) 놈들의 기뢰 때문에 그렇죠? 우리가 그걸 제거하는 겁니까?
민호	(소리) 우리에게 주어진 임무는 돈키 대원과 함께 반공 포로를 탈출시키고 동시에 놈들의 해안포를 박살 내는 거다.

S#41. 포로수용소

텐트 사이로 회오리치는 흙먼지. 수많은 포로들이 묶이고 쓰러져있는 연병장에 멍에를 씐 황소 한 마리가 원을 그리며 돌고 있다. 그 뒤에 매달려 끌려다니는 피투성이의 오 선생. 땅에 잠식되는 붉은 선혈. 찢기고 뒤틀리며 최후의 발버둥을 친다. 미친 듯이 광분하는 인민군들. 그 비참한 광경에서—

윤형	(소리) 아니 포로가 한두 명입니까? 저 많은 인원을 어떻게 구출한단 말이에요?
민호	(소리) 돈키 대원이 우리와 합류할 뿐만 아니라 해병이 직접 지원한다. 저녁 식사나 단단히들 해둬라. 오늘밤 자정을 기해 오픈한다.

S#42. 작전 상황실

현란한 조명. 도판 위에 그려진 워게임 표식. 숙의하는 함장과 각급 지휘관들. 그 중의 강 상사와 돈키 대장 송 대위.

함장   (소리) 오늘 밤 만조 시간인 24시 30분. 우리 상륙작전을 기만하기 위한 수색대 공중침투를 내륙 ○○지점에서 시도한다. 그로부터 30분 후, 해안포에서 0.5마일 남쪽 ○○지점에 강 상사 유디티를 필두로 해병 1개 중대가 상륙, 포로수용소와 적 해안포를 장악하는 것이다. 작전 완료시간은 04시, 집결지는 바로 여기다.

S#43. 바다 (밤)

거친 풍랑이 어둠에 짓눌린다. ○○함을 중심으로 전열을 갖추고 항진하는 LST와 여타 함정들.

S#44. 포로수용소

회오리가 훑고 지나간다. 폐허의 연병장 곳곳에 나뒹구는 반공 포로 시체들. 차마 눈 뜨고 볼 수 없는 참혹한 현장이다. 인민군 본부 건물에서 새어 나오는 불빛. 날카로운 외마디 비명.

S#45. 인민군 취조실

나풀거리는 호롱불. 천정에 거꾸로 매달린 발목. 피투성이의 돈키 대원 윤 중사다. 그를 후려갈기는 군관이 샌드백 치듯 한다.

군관	(머리칼을 휘어잡고) 돈키 부대 위치만 알려준다면 네놈을 풀어주겠다.
중사	나는 돈키 대원이 아니다.
군관	그런데 뭣 때문에 우릴 속였디?
중사	죄 없는 반공 포로들을 살리려고.
군관	무시기? 죄가 없다구? 이 깐나 새끼가.

다시 후려친다. 모진 비명.

S#46. 천막 안

갈기갈기 찢기고 반 시체로 변한 포로들. 처참한 피멍, 피멍들. 모진 신음과 찌든 표정. 상한 눈망울. 한쪽에서 오 선생을 간호하는 정숙. 중년 나이에 만삭(임산부)이다.

오 선생	(기진맥진) 물. 물.
정숙	선생님 물을 구할 수가 없어요.
선생	여보세요 물 물을 좀···.

주위의 안타까운 표정들.

사내1	물 한 모금만 얻어올 수 없을까?
사내2	저놈들이 물을 줄성싶어?
사내1	그렇다고 보고만 있을 거야?

망설이던 정숙이 뭔가 결심한 듯 돌아앉아 그릇에다 젖을 짠다. 더욱 애타게 물을 찾는 오 선생. 젖을 먹이는 정숙. 평온을 되찾은 선생의 두 눈에 고이는 눈물.

| 선생 | 고맙소! |

눈물을 글썽이는 일동.

S#47. 함교 밖 (밤)

함체의 심한 로링. 함수에 부딪히는 파도가 함고를 덮친다. 파이프를

294   굿바이 DMZ

문 채 전방을 주시하는 함장.

S#48. 침실

담배를 피워물고 누워서 골똘히 생각하는 강 상사. 극심한 로링과 피칭. 반대로 차분한 휘파람소리. 이문환의 뾰족한 입술에서 '해병 행진곡'이 흐른다. 무드를 잡으며 덩달아 부르는 바리톤 조재훈.

재훈   (노래) "서쪽 하늘 십자성은 별들의 꽃이려니 우리는 꽃
             이었나 국군 중의 꽃이로다~"

로링 때문에 와르르 무너지는 잠수 도구들. 김천만이 침상 아래로 구른다.

〈O.L〉

S#49. 숲 속 (밤)

달빛이 스미는 일대의 정적. 포로수용소 천막 근처 어느 곳. 풀숲이 마구 흔들린다. 알 수 없는 남녀의 신음소리.

군관	(소리) 순옥 동무래 고분고분 말만 잘 들으면 나하고 결
	혼할 수도 있다.
순옥	(소리) 군관 동무를 좋아하니까 이러는 거 아닙니까.
군관	(소리) 그렇디. 그렇디.

끈적한 웃음소리. 금시 옷매무새를 추스르며 풀숲을 빠져나오는 미모의 순옥. 상반신을 일으켜 그녀의 뒷모습을 지켜보며 음흉한 미소를 흘리는 군관.

S#50. 취조실

들어서는 순옥이 경악한다. 천정에 거꾸로 매달린 채 피를 흘리고 있는 윤 중사. 일순, 망설이다가 그의 발목에 묶인 밧줄을 풀어준다. 요염한 그녀의 눈매. 실신 상태의 윤 중사가 각혈한다.

S#51. ○○기지 (밤)

활주로 야간 표지등. 대형 수송기의 실루엣. 일단의 공중침투조 수색대원들이 슈트를 착용하면서 수송기에 탑승한다. 대열에 부각되는 팀장 정 대위.

S#52. 함교 (밤)

함장이 시계를 본다. 24시 정각이다. 요란한 전화벨. 전령수로부터 수화기를 받아 통화하는 함장. 수화기에서 울리는—

수화기   (소리) 미 해군 소속 소해 전대로부터 연락이 왔습니다. 현재 시간부로 상륙지점의 소해 임무를 완료했으며, 총 12발 외 부유기뢰를 제거했다는 보고입니다.

함장   작전지역의 급속한 조류 때문에 근처 기뢰가 다시 유입해 올 염려가 있으니까 작전개시 전까지 현지에서 계속 소해 하도록 연락하라!

수화기   (소리) 네 알겠습니다.

S#53. 바다

AMS(소해정)을 비롯하여 LCVP 상륙정들이 소해 작전을 펴고 있다. 부유기뢰에 대원들이 부표를 설치한다. 소해정 상공을 맴도는 한 대의 헬기.

S#54. 헬기

해상을 내려다보며 무전으로 소해 작전을 진두지휘하는 소해팀장.

S#55. 취조실

윤 중사의 얼굴 선지피를 닦아내는 흰 손수건과 고운 손길, 순옥이다.
인사불성의 윤 중사가 허우적거리며 연신 헛소리를 되뇐다. 그를 지켜
보는 표독스런 눈초리.

중사   네놈들이 대포를 들이댄다 해도 내가 조국을 배반할 것
                같으냐? 죽일 테면 죽여라. 우리 돈키 부대의 명예를 걸
                고 떳떳하게 죽는 게 내 소원이다.

순옥   뭐야 돈키라구? 그렇다면 이자가 돈키 유격대원이란 말
                인가?

의미 있는 냉찬 미소. 윤 중사를 팽개치고 뛰쳐나가는 순옥.

S#56. 창밖 (밤)

군관실 창밖으로 새어 나오는 불빛. 순옥이 은밀히 접근하여 문틈으로
안을 들여다본다. 여전사를 무릎에 앉히고 소파에 파묻혀 희희낙락하
는 군관. 일순, 일그러지는 순옥. 치를 떨며 분노한다.

순옥   (소리) 더러운 자식. 뭐? 말만 잘 들으면 나하고 결혼까
                지 하겠다고? 흥 제깟 놈이 뭐가 좋다고….

S#57. 함대 침실

지도를 판독하고 있는 강 상사 대원들. 유디티복 차림의 강 상사 팀과 잠수복을 착용한 김 중사 팀. 2개 조로 나뉘어 있다. 이때, 요란한 전화벨. 강 상사 황급히 수화기를 든다. 심각해지는 그의 표정.

민호	네, 알겠습니다. 즉시 출동하겠습니다.
	(전화 끊고) 제1선 상륙전대 소속 LST 군대·전차 등의 상륙에 쓰이는 함정(배)에 사고가 발생했다.
재훈	사고라뇨?
민호	스크류에 부표가 휘감겨 LST가 옴짝달싹 못 한다는 거야.
시원	참 별일이 다 생기네.
민호	김 중사가 수고해야겠어!
시원	알겠습니다!
민호	가자!

S#58. LST (밤)

파도가 몹시 거칠다. 스크류에 매달려 부표를 제거하는 김 중사와 재훈. 함미에 엎드려 고래고래 악을 쓰는 강 상사. 강렬한 서치라이트 불빛. 김 중사의 힘겨운 표정에서—

S#59. 수송기 내부

비행 중 터질듯한 엔진 소음. 씨-47 수송기 내부 양옆 의자에 슈트를 착용한 공중침투 수색대원이 점프를 기다리고 있다. 초조하고 긴장된 표정들. 시계를 보는 점프마스터.

S#60. 함교 (밤)

시계를 보는 함장. 밤 12시 30분이다.

함장	(무전으로) 수색대 현재 비행 위치는?
소리	좌표 ○○○ 상공입니다.
함장	(지도를 보며) 음, 계획대로 작전이 진행되는군.

S#61. 바다 (밤) ― 공중촬영

상륙전을 감행하기 위해 전개하는 각종 함정.

S#62. 후갑판 (밤)

강 상사 일행이 출동 대기하고 있다. 라이프자켓 차림의 부장 김 중령이 다가와 강 상사와 굳은 악수를 나눈다. 세찬 해풍과 거친 파도.

S#63. 천막 입구 (밤)

들어갈까 말까 망설이는 순옥. 풀이 죽어있다. 빠끔히 안을 들여다본다.

S#64. 천막 안

파득이는 호롱불. 유령처럼 들어서는 순옥. 포로 일동의 시선이 쏠린다. 이를 갈며 그녀에게 덤벼들 기세의 한 청년. 다들 용서할 수 없다는 눈빛이다. 그 순간, 누군가가 "이 죽일 년" 하며 순옥에게 밥그릇을 던진다. 여기저기서 숟가락 양재기 등 온갖 기물들이 난무한다. 피를 흘리며 쓰러지는 순옥. "아가씨"를 외치며 달려드는 정숙. 오 선생이 나서며 일동을 제지한다.

사내1   그년은 죽여야 마땅합니다.
사내2   공산당보다 더 나쁜 년입니다. 당장 때려죽입시다!

죽일 듯이 몰려드는 일동. 사색이 된 순옥.

오 선생	(고함치며) 진정들 하시오! 우리는 지금 일 개인의 잘못을 따질 때가 아니요. 우선 살길을 찾아야 하오.
아낙1	사정 봐줄 것 없네다. 우리가 이렇게 된 것도 다 저년 때문이야요.
사내1	고향을 팔아먹고 부모·형제도 팔아먹고 인민군 놈들한테 붙어 놀아난 저런 년을 살려 둔다는 게 말이나 됩니까?
오 선생	하지만 우리하고 같이 끌려와서 함께 고생하지 않소.
사내2	고생은 무슨 고생입니까? 지금도 군관놈하고 놀아나는데.
정숙	(발악하듯) 제발 그만하세요. 선생님들 부탁이에요. 우리 아가씨를 한 번만 용서해 주세요! 그 대신 제가 여러분이 시키는 대로 뭣이든지 하겠습니다. 죽으라면 기꺼이 죽겠습니다. 흐흑….
순옥	(오열하며) 언니!

서로 부둥켜안고 통곡하는 순옥 머리에 선혈이 낭자하다. 침을 뱉고 발로 차며 제자리로 돌아가는 일동.

S#65. 밤하늘

별빛 초롱한 상공에 피어나는 무수한 점들. 패러슈트 행렬이 장관을 이룬다. 그 속에 너울대는 상현달 그림자.

S#66. 몽타주

불을 뿜는 ○○함대 51포. 밤하늘을 수놓는 조명탄 불꽃. 천지가 대낮처럼 밝아지자 선명하게 드러나는 낙하산의 유영. 술에 만취되어 비틀거리며 나오는 군관. 운집하는 인민군들. 출동차량 대열이 수용소 정문을 빠져나간다. 산야에 사뿐히 내려앉는 낙하산의 실루엣.

S#67. 우현 쪽 (밤)

상륙정 사이를 스릴있게 빠져 대안으로 향하는 고속보트. 잠수복 차림의 김 중사 팀이다.

S#68. 바다 (밤)

선견 공격대열을 갖춘 LST로부터 각 제파의 LCVP가 격랑의 포말을 일으키며 대안으로 일제히 항진하기 시작한다.

S#69. 함교

쌍안경을 보며 심각한 표정을 짓는 함장.

함장	함대 전투대열!
조타수	(복창) 함대 전투대열!

다시 에코 되는 비장한 그의 목소리.

함장	(소리) 맥아더가 구상한 인천상륙작전은 거대한 물량에 의해 호화롭게 실시된 굉장한 도박이었지만, 지금 이 순간 우리 대한민국 해군이 시도하려는 기만상륙작전은 우리 민족만이 간직할 수 있는 돌격 정신과 발자국마다 피를 뿌리는 희생정신으로 대신하려는 것이다. 용사들아! 바다 사나이들은 결코 죽지 않는다! 젊은 피 식기 전에 여기 내 조국 땅에 불멸의 이름을 새기자!

S#70. 고속보트

강 상사와 재훈, 문환, 그리고 무전기를 휴대한 천만. 파도를 가르며 쏜살같이 질주한다.

민호	대안에 상륙하기도 전에 혹시 놈들과 조우할 지 모른다. 그땐 과감하게 뛰어들어야 한다.

S#71. LCVP

전투태세를 갖춘 많은 해병. 긴장된 표정, 표정들에서—

S#72. 해안 분초 (밤)

경계 근무하는 두 명의 인민군 하전사가 전화통화를 한다.

하사   포로수용소에 국방군이 쳐들어오고 있으니까니 분견대
           만 남고스리 나머진 출동하라 이 말입네까? 알았습네
           다. 날래 출동하갔시오.

S#73. 분초 근처 (밤)

늪지형의 해변 둔덕. 어슴푸레 인민군 보초가 보인다. 은밀히 접안 하
는 강 상사 보트. 잽싸게 둔덕에 은폐한다.

민호   틀림없이 병력이 수색대 낙하지점으로 몰렸을 거야. 놈
           들이 우리 기만작전에 말려들었어.

S#74. 절벽 아래 (밤)

요소요소에 설치된 목책. 물속에서 떠오르는 김 중사와 해상, 윤형. 잠수장비를 챙긴 후 절벽 위 인민군 초소로 향한다. 일순, 초소에서 쏟아지는 플래시 불빛. 잽싸게 엎드리는데 윤형의 발목에 걸린 인계철선이 끊어질 듯 점점 팽팽해진다. 결국, 인계철선이 잘리며 치솟는 신호탄 불꽃. 동시에 작렬하는 인민군 총탄세례. 황급히 엄폐하는 김 중사 팀이 응사한다. 해변에 배치된 몇 군데 인민군 초소에서 총성과 함께 불꽃이 튄다. 꼬리를 물고 치솟는 예광탄.

S#75. 아군 측 함대

일제히 불을 뿜는 함포.

S#76. 해변

무섭게 솟아오르는 불기둥. 아군 함포에 초토화되는 적 진지들.

S#77. 대안 전면 (밤)

일제히 진입하는 각 제파의 LCVP. 해변에 깔리는 짙은 연막. 거센 질

풍처럼 백사장을 누비는 해병들. 피아간의 치열한 총격전. 인민군 초소 턱밑에까지 접근한 김 중사팀. 불꽃을 토하는 적 기관총. 둔덕에 은폐하여 낮은 포복으로 전진하는 강 상사팀. 무수히 쏟아지는 총탄. 나뒹구는 상륙 해병들. 몽타주 되는 장면들에서 에코 되는―

(소리)   돌격하라! 우리는 해병이다! 해병 혼이 살아있다! 돌격 앞으로!

S#78. 인민군 초소 (밤)

진지 일각에서 불꽃 튀는 기관총. 낮은 포복으로 접근, 수류탄 세례를 가하는 김 중사. 무참히 궤멸하는 인민군 진지. 이글거리는 그의 눈빛에서―

시원   다음 목표는 놈들의 해안포를 까부수는 거다. 가자!

S#79. 야지 (밤)

개활지 늪을, 산길을, 구릉지를 치닫는 강 상사 일행과 돈키 대장 송 대위. 모 지점에서 돈키 대원과 합류한다. 멀리서 그들 뒤를 따르는 일단의 해병 후속 부대.

노도(怒濤)를 헤치며

S#80. 함교

피어오르는 함장의 파이프 담배 연기. 초조하게 시간을 체크하는 함장.

S#81. 수용소 연병장 (밤)

연병장을 훑는 강렬한 서치라이트 불빛. 반공 포로를 내몰아치는 인민군들. 포로를 2개 조로 분리시켜 철조망을 연해 엎드리게 한다. 대열에 끼어있는 오 선생과 정숙, 사내1, 2. 아군의 공격에 총알받이로 이용하려는 속셈이다. 일순, 한 청년이 철조망을 넘으려 하자 불을 뿜는 인민군 따발총. 비참하게 숨을 거두는 청년. 겁에 질린 포로들의 표정, 표정에서—

S#82. 취조실

머리에 피를 쏟은 채 기어 나오는 윤 중사. 황망히 들어서는 순옥이 그를 부축한다.

순옥   선생님이 돈키 대원 맞지요?

중사   (놀라며) 뭐라고?

순옥   놀래실 것 없어요. 난 다 알고 있어요.

중사   (경멸의 눈초리) 배신자!

뭔가 대꾸하려다가 말고 냉정하게 나가버리는 순옥.

S#83. 인민군 내무반

출입문 유리창에 불쑥 드러나는 순옥 얼굴. 문을 열고 들어와 관물대
의 따발총 2정을 잽싸게 훔쳐나간다.

S#84. 수용소 외곽 (밤)

포진하는 강 상사팀과 송 대위 돈키 대원들. 일단의 해병 해병들. 연병
장의 인민군 움직임이 선명하다.

S#85. 취조실

윤 중사 머리에 들이대는 따발총. 순옥이다.

중사   망설이지 말고 빨리 죽여!
순옥   (총을 내밀며) 어서 탈출하세요.
중사   (노려본다)
순옥   어서요!

낚아채듯 받는다.

S#86. 해안 포대 (밤)

해안포 진지에 아른거리는 인민군 보초. 지척까지 접근한 김 중사.

S#87. 유류고

수용소 철조망에 인접한 유류고. 건물 출구에 은폐하여 따발총을 갈기는 윤 중사. 구르면서 폭발하는 드럼통들. 연신 터지는 불기둥. 몰려드는 인민군과의 숨 막히는 교전.

S#88. 연병장 (밤)

수류탄으로 철조망을 부수고 뛰어드는 강 상사팀과 해병들이 사격과 기동으로 포로에게 접근한다. 윤 중사와 극적으로 해후하는 송 대위 돈키 대원들. 그 순간 수용소 정문에 들이닥치는 2대의 인민군 차량 라이트. 차에서 쏟아져 내리는 인민군들. 포로를 탈출시키는 강 상사팀. 날렵하게 종횡무진 하는 해병들. 무수히 교차되는 예광탄 불빛. 터지고 쓰러지는 아우성과 비명. 아수라장으로 변한 포로와 인민군들. 오 선생을 들쳐 업고 뛰는 재훈.

S#89. 철조망 근처

아가씨를 외치며 헤매는 정숙이 인민군 총탄에 쓰러진다. 순간, 달려와 붙들고 오열하는 순옥. 그녀의 어깨를 감싸주는 윤 중사. 느닷없이 철조 망 밖에서 그들에게 총을 겨누는 군관. 안돼! 하며 윤 중사를 가로막는 순옥. 군관과 그녀 사이에 번개처럼 스쳐 가는 원망과 분노의 눈초리. 윤 중사가 사격자세를 취하는 순간, 섬광을 뿜는 군관의 권총. 순옥이 쓰러 진다. 군관 역시 윤 중사의 총에 쓰러진다. 그녀를 쓸어안는 윤 중사.

순옥   (입에 피를 토하며) 전 비록 배신자라는 낙인이 찍혔지
           만, 놈들에게 몸을 팔아서라도 포로를 구출하고 싶었던
           거예요. 용서하세요!

비통해하는 윤 중사. 이윽고 눈을 감는 순옥, 애처롭다. 그를 에워싼 강 상사와 송 대위 일행의 비통한 표정들에서―

S#90. 해안 포대 (밤)

포진지를 덮치는 김 중사팀. 박해상의 비수가 번뜩이는 순간, 단말마의 인민군 비명 소리. 피무지개가 피어오른다. 동시에 박살 나는 해안포와 초소. 피아간의 치열한 접전. 제1포 진지에 은폐한 대원, 윤형이다.

윤형   분대장님, 저기 보세요!

인공기가 펄럭이는 인민군 분초. 옥상에서 불을 뿜는 인민군 기관총.

시원   좋다, 저걸 까부수자.

S#91. 옥상 아래

은밀히 접근하는 김 중사와 윤형. 기관총 진지에 수류탄을 던진다. 강한 폭음과 모진 비명. 옥상으로 치달아 인공기를 꺾는 윤형. 대검으로 인공기를 갈기갈기 찢으며—

윤형   전우들 피를 빼앗아간 철천지원수들!

박살 난 기관총 진지를 유심히 살펴보던 김 중사. 표정이 흐려진다. 진지를 이탈하지 못하도록 참혹한 인민군 시체 발목에 쇠사슬이 묶여있다.

시원   비겁한 놈들, 인간을 이토록 처참하게 이용하다니….

S#92. 몽타주

사방으로 도피하는 반공 포로들. 총검을 휘두를 때마다 솟구치는 피보

라. 그 해병들의 용전분투상과 박살 나는 해안포대. 아우성과 비명으로 처절한 포로수용소. 궤멸하는 인민군. 레펠로 절벽을 렌딩하는 김 중사팀. LCVP로 귀환하는 해병들. 상륙지점에서 굳은 송별의 악수를 나누는 강 상사와 송 대위. 파도 위를 미끄러져 가는 강 상사팀 고속보트. 손을 흔드는 돈키 대원들. 흡족한 표정의 함장. 갑판에 도열해 있는 수병들의 환희에 찬 모습. 포말을 일으키는 LCVP의 항적. ○○함에서 울리는 뱃고동소리. 여명의 은빛 찬란한 물보라. 이상의 화면에 떠오르는, 〈전우〉 주제곡─

(자막)
구름이 간다.

하늘도 흐른다.
피끓는 용사들도 전선을 간다.
빗발치는 포탄도 연기처럼 헤치며
강건너 들을 질러 앞으로 간다.

〈O. L〉

S#93. 함수 갑판

귀대신고하는 강 상사 대원들. 경례와 함께 일일이 악수를 나누는 함장. 팡파레가 울려퍼지면, 아득한 수평선의 눈부신 아침 햇살. 비상하는 갈매기.

엔딩마크 떠오르며, 힘차게 〈전우〉 주제곡이 울려 퍼진다.

〈F.O〉

〈전우〉 주연배우
강민호

〈전우〉 드라마 총감독
정영철 PD

〈전우〉 주요 장면

〈전우〉 포스터

극본 성동민
연출 정연철
조연출 이현석

戰友

제34 화 ∞ 노도를 헤치며 ∞

●방송 □.□□ □□:□□
●녹화 □.□□ □□:□□
●야외촬영 □.□□ □□:□□
●연습 □.□□ □□:□□

── 한국방송공사 ──

성동민 작가가 쓴 〈전우〉 드라마 대본 – '노도를 헤치며'

KBS-TV 드라마 〈전우〉 작가
성동민

김명식 기자 (조선일보)

〈전우〉라는 드라마가 있다. 70년대 말 최고의 인기를 누렸던 나시찬 주연의 〈전우〉를 리바이벌한 6·25 때 얘기다. 총알이 빗발치는 전쟁터에서 숨을 거두는 전우를 부둥켜안고 피를 토하듯 오열하는 분대장. 거꾸로 꽂힌 소총에 알 철모를 걸고 마지막 가는 전우에게 눈물의 거수경례를 하는 전우들. 생사의 갈림길에서 국군으로 출전한 형과 인민군이 되어 만난 아우가 서로 총을 겨눠야만 했던 비정하고 참혹한 현장을 생생하게 재연한 작품이다.

그 드라마를 직접 집필했던 성동민 작가를 통해 〈전우〉 얘기를 들었다.

80년대 초에도 강민호 주연의 〈전우〉가 있었다. 최고의 시청률을 올려 '국민 드라마'라는 칭호도 붙었다. 3년 가까이 전우 대본을 썼던 필자는 밤새도록 원고지를 메우면서 저린 가슴을 안고 눈물을 흘린 적이 한두 번이 아니었다.

피도 눈물도 없는 잔혹한 전쟁 앞에서 인간은 저리도 무섭고 잔인하단 말인가. 블랙홀처럼 전장은 모든 것을 빨아들이고 오직 살고 싶다는 본능과 내가 살기 위해서는 남을 죽여야 하는 본능만이 존재할 뿐이었다. 꿈과 이상과 명예도, 도덕도 전쟁터엔 존재하지 않는다는 사실은 작품을 쓰는 내게 처절한 비애감을 남겼다.

〈전우〉는 할머니에게 TV 시청권을 빼앗기고 도둑고양이처럼 몰래 훔쳐보는 할아버지 드라마였지만, 그토록 감성에 인색하고 메마른 노병(兵)의 눈물샘을 자극한 회한의 참전수기였다. 〈전우〉는 군대 생활의 불안감에 사로잡혀 입영을 앞둔 사랑하는 남자친구 손을 꼭 잡고 떨리는 가슴으로 본 추억의 일기장이었다. 〈전우〉는 인정 넘치는 드럼통 선술집에서 막걸릿잔에 젓가락 두드리며 목 터져라 군가를 부르는 예비역 병장의 추억의 무용담이었다.

〈전우〉는 사랑하는 처자식을 남긴 채 조국 산하에 뼈를 묻고 국립묘지 한구석에 말없이 잠들어 있는 어느 청년 용사의 비통한 절규이리라. 〈전우〉는 D·M·Z 철조망 넘어 동토의 나라에서 고통받고 신음하는 불쌍한 '이상한 나라의 앨리스'를 구해 달라는 온 국민의 간절한 소망의 기도가 아닐까 싶다.

올리버 스톤 감독이 만든 영화 〈플래툰(Platoon)〉은 전쟁이라는 실존 앞에서 인간이 일으킨 혼란과 공포로부터 잔혹하게 유린당하거나 이데올로기 명분하에 빚어진 전쟁의 허구 속에서 기꺼이 목숨을 내던지는, 이른바 인간의 리얼리티가 충돌하며 빚어내는 이율배반의 탈인간적 모습을 그린 작품인데, 이 영화 역시 전쟁의 참혹성과 이로 인한 인간의 정신적 갈등이 얼마나 무서운 결과를 가져오는가를 교훈으로 남긴다.

〈전우〉와 〈플래툰〉을 보면서 옛 전우의 묘비에 걸린 녹슨 군번줄과 이름 석 자를 어루만지는 선배 노병의 애틋한 절규를 기억하자.

치매 걸린 노인이 마지막 숨을 거두는 순간, 자신의 군번을 외치면서 눈물을 흘렸다는 슬픈 얘기를 귀담아듣자.

학교 졸업장은 종이 한 장뿐이지만, 군대 졸업장은 자신의 앞가슴에 계급으로 남는다. 명예롭게 군 생활을 마친 자가 자신의 생애에 영원히 남길 수 있는 최고의 유산은 '군번'과 '전우애'뿐임을 명심하자.

KBS-TV 드라마 〈전우〉 주제곡

아티스트: 별넷

구름이 간다.

하늘도 흐른다.
피 끓는 용사들도 전선을 간다.
빗발치는 포탄도 연기처럼 헤치며
강 건너 들을 질러 앞으로 간다.

무너진 고지 위에 태극기를 꽂으면
마음에는 언제나 고향이 간다.

구름이 간다. 하늘도 흐른다.
피 끓는 용사들도 전선을 간다.

무너진 고지 위에 태극기를 꽂으면
마음에는 언제나 고향이 간다.

구름이 간다. 하늘도 흐른다.
피 끓는 용사들도 전선을 간다.
전선을 간다.
전선을 간다.

KBS <전우>를 보면서 꿈을 키웠던 시절

글쓴이: 歸去來兮 - 자, 돌아가자

TV도 라디오도 없었다. 신문도 잡지도 없었다. 그래도 우리는 많은 것들을 자연에서 배우며 자랐다. 리어카 끌기, 소먹이기, 감자산꽂, 꼴 베기, 꼴 따먹기, 자치기, 스케또 타기, 연날리기. 그중에서도 여름날 수승대 멱감으러 가기는 제일 신나는 놀이였다. 거기는 외지 사람들을 많이 볼 수 있으며, 우리 또래의 서울 아이들도(외지 아이들은 다 서울 놈인 줄 알았다) 있었다.

동네 형들은 서울 소식을 듣고 싶으면 나무 전봇대(검은 기름칠이 되어 있었다)에 귀를 대고 눈을 감으면 들린다고 해서 우리는 돌아오는 길에 전봇대에 귀를 대보곤 했는데, 이상한 울림이 있긴 있었다.

그러나 사람의 소리도 서울 소식도 아니었다.

TV가 뒷골 아재네 들어왔다.

우리는 이제 다른 세상을 보게 되었다.

그때 처음 접한 드라마가 바로 〈전우〉였다.

주인공이 양쪽 가슴에 수류탄을 차고, 기관총을 멘 모습은 우리의 우상이었다. 입으로 수류탄 핀을 뽑아 던지고 기관총으로 두루루~ 갈기면 북한군은 그냥 나자빠져 뒹굴었다. 총 놀이를 할 때면 서로가 대장 한다고 우기기도 많이 했다.

훗날 내가 군인이 되어 수류탄을 던져봤을 때 느낀 것은 입으로 핀을 뽑으면 이빨이 먼저 뽑힌다는 것이었고, 폭발력도 그리 대단한 게 아니었으며 생긴 모양도 멋있지 않았다.

매주 토요일(여덟 시)쯤에 방송했는데 그때는 맛보기(광고 전에 내용을 조금 보여주는)가 있었다. 광고시간이 어찌나 길게 느껴졌던지….

우리는 최대한 많이 모여서 뒷골 아재 집으로 가곤 했는데, 많이 가면 그 아재가 안 된다는 말을 못했었다. 단, 반드시 발은 씻고 가야 했다.

시간이 좀 흘러 동네에 TV 2~3대가 더 들어오고 굳이 발을 씻지 않아도 되었다. 참으로 그리운 시절이었다.

그 후로 마징가Z, 태권V, 마루치 아라치. 등등을 했다.
김일의 박치기, 수사본부, 전설의 고향 등등도 마당에 멍석을 깔고 앉아서 봤다.

세월이 참 빠르다.

그때의 어른들은 사람 눈으론 보이지 않는 세상으로 모두 가시고, 아름다운 것들만 보면서 꿈을 먹고 자란 우리는 벌써 그때의 내 키만 한 아이들의 아버지가 되었다.

이제는 그 시절의 추억을 한 개씩 꺼내 먹는다.

달이 벌써 반으로 줄었다.

걸어온 발자취

끊임없는 탐구로 쌓은 위대한 城
성동민 작가

김순진 (시인. 소설가)

지난 8월 11일 동아일보와 중앙일보에는 현직 경찰 간부가 '戰時小說 연구'로 문학박사 학위를 받는다는 기사가 보도되었다.

평소 문화면을 세밀히 읽는 습관이 있다는 최현근 회장은 이 기사를 접하고 필자에게 바로 전화를 걸어왔다. 이런 사람을 우리 월간 스토리 문학에 메인스토리로 다루는 것은 학문하는 일반작가와 독자들에게 귀감이 될 수 있을 것 같다는 내용이었다.

그래서 인적사항을 체크하기 위해 인터넷을 검색하니 주인공은 바로 현직 경찰 간부로 현재 서울경찰청 제4 기동단장을 맡은 성동민 총경이었다. 그러나 경찰이 문학박사를 받았다는 사실도 매력을 끌 만하였지만, 비단 그것만이 월간 스토리 문학에 메인을 오를 정도는 아니었다.

성동민 문학박사는 이미 1980년에 시대 문학 희곡부문에 신인상을 받은 것을 비롯하여 1987년 동아일보 신춘문예 시나리오 부문에 당선

되기도 하였을 뿐만 아니라, 1982년부터 3년여 방송된 KBS-TV 드라마 〈전우〉를 집필하기도 하였던 것이다.

날씨가 화창한 어느 가을날 최현근 회장과 필자는 전철과 버스를 갈아타고 양천구 신월동에 도착하였다.

서울경찰청 기동단에 도착하니 문학과는 무관하리만치 정문에는 전경들이 지키고 있었다. 평소 경찰 앞에서는 지은 죄가 없어도 가슴이 쪼그라드는 느낌인 필자와 최 회장은 전경의 안내를 받으며 기동단 연병장을 지나쳐 들어갔다. 연병장 가 화단에는 이름 모를 작은 가을꽃들이 소담스레 피어있었고 은행나무에는 은행알이 노랗게 영글어가고 있었다.

안내를 받아 기동단장실에 들어서니 성동민 작가가 제복을 갖추어 입고 우리를 반가이 맞아주었다. 첫인상은 눈매가 서글서글하면서도 기가 살아있는 그런 모습이었다. 우리는 우선 그의 단정한 용모와 다부진 체구에 우선 반하였다.

작가는 미리 우리가 방문할 것을 대비하여 박사학위 논문과 KBS-TV 특집드라마로 방송된 바 있는 동아일보 신춘문예 당선 작품집 〈떠도는 혼〉에 우리의 이름을 넣어 사인까지 해 놓는 준비의 철저함을 보여주었다.

경찰 간부야 운동을 하지 않으면 살아남을 수 없다는 것쯤은 알고 있는 나는 무슨 운동을 즐겨 하느냐는 질문을 하자 성동민 작가는 '운동'이란 말이 나오자 반색을 하며, 무슨 운동이건 다 좋아한다며 운동마니아의 자신을 자랑하였다. 즐겨 하는 운동은 스카이다이빙, 행글라이더, 승마, 골프 등을 즐기며 특히 테니스는 30년을 넘게 치고 있다고 자랑한다.

　명문 전남 순천고등학교와 연세대학교 출신인 성동민 작가의 본관은 창녕으로 성씨는 본이 하나다. 고려 때의 호장(戶長) 성인보(成仁輔)를 시조로 하는데, 인보의 손자 공필(公弼)과 한필(漢弼) 형제에서 각각 노상파(路上派)와 노하파(路下派)로 갈리는데, 노상파가 번창하여 역사상 많은 인물을 배출하였다. 조선 시대에 134명의 문과 급제자, 상신 5명, 대제학 2명, 청백리 5명을 냈으며, 이 밖에도 많은 석학과 충신을 배출하여 영남의 명문으로 손꼽혔다.

　성씨의 인물 중 영의정 희안(希顔) 이외에는 거의가 '삼곡(三谷)집'으로 부르는 노상파의 석린(石璘)·석용(石瑢)·석연(石) 3형제의 자손들이다. 이 3형제는 다 같이 고려 말에서 조선 초에 이름을 떨친 명신들로서 고려 말 민부상서(民部尙書)를 지낸 여완(汝完)의 아들이다. 석린은 고려 말 예문관 대제학을 지내고 조선 태종 때 영의정을 역임하였으며, 석용도 고려 말에 제학을 지내고 조선 시대에는 예문관 대제학을 역임하였다.

　석연은 조선 초에 예조판서·예문관 대제학을 지냈다. 특히 석용의 후손에서는 삼문(三問:死六臣)과 담수(聃壽:生六臣) 등의 충신이 나왔고, 석연의 후손에서는 현(俔)·혼(渾) 등의 이름난 학자가 나왔다. 삼문은 세종 때 집현전 학사 출신으로 세조 초에 단종의 복위를 꾀하다가 죽은 사육신의 한 사람으로, 3대가 모두 죽임을 당하여 그의 일문은 절손되고 말았다. 생육신의 한 사람인 담수는 삼문과는 재종(再從)간이며, 청백리 하종(夏宗)은 삼문의 종(從) 5대손이다.

석연의 손자 봉조(奉祖)는 성종 때 우의정을 지냈고, 연산군 때 영의정을 지낸 준(俊)과 대제학 현은 봉조의 조카로서 4촌간인데, 준은 갑자사화(甲子士禍) 때 두 아들과 함께 죽임을 당하였다. 현은 한문학의 대가로, 뒤에 청백리에 올랐다. 현의 아들 세창(世昌)은 중종 때 5조(五曹)의 판서를 두루 역임하고 인조 때에는 대제학을 지냈는데 서(書)·화(畵)·음률(音律)의 삼절(三絶)이라 일컬어졌다. 혼은 석연의 6대손으로 선조 때의 거유(巨儒)로서 문묘에 배향되었다. 이 밖에도 임진왜란 때 진주성 싸움에서 전사한 진주판관 수경(守慶), 한 말에 농상공부대신을 지낸 기운(岐運) 등이 유명하다.

순천중학교 3학년 때, 진주 개천예술제 산문 분야에서 장원을 차지하여 촉망받는 작가의 가능성을 키우기 시작한 성동민 작가는 고등학교 시절에는 중앙대학교에서 주최하는 고교백일장 산문 부문에서 장원한 경력이 있으며, 당시 순천고등학교 황길연 국어 선생님의 지도로 교지 발간에도 주도적으로 참여하였다. 그랬기에 그의 진로는 문학으로 갈 수밖에 없는 듯하였다. 그는 자신의 진로를 국문학과 지원하는 데 주저함이 없었다. 연세대학교 국어국문과 재학 중에는 소설가로 유명세를 날렸던 최인호 선배와 함께 대학보 '연세춘추'를 발간하는 등 본격적으로 문학수업을 하면서 기량을 쌓았다.

그 후 국방부에서 정보장교로 근무하면서 인기리에 방송되었던 KBS-TV 주말 특집드라마 〈전우〉를 3년 동안이나 집필했다.

그의 남다른 학구열로 좀 더 전문적인 공부를 하기 위해 동국대학교 대학원 국문과에 진학했고, 평론가로 유명한 대쪽같은 홍기삼 교수에게 석사과정 지도를 받았는데, 당시 '한국전쟁 시나리오의 주제양상 고찰'이란 논문을 쓰면서 전쟁문학과 맥을 같이 한 심도 있는 연구를 통해 향후 통일문학사를 기술하는 과정에서 중요한 단서를 제공하기도 하였으며, 그때 공부하고 모은 자료들이 이번 박사학위를 받는 데 많은 도움이 되었다고 한다.

1887년 동아일보 신춘문예 시나리오 부문에 당선된 성동민 작가의 작품 〈떠도는 혼〉은 남북한 이데올로기에 관한 내용으로 당시의 시대적 상황에서 너무 앞서간다는 이유로 당선작에서 제외될 뻔하였다는 뒷이야기도 있다. 이후 이 작품은 현재 국립극장장으로 있는 김명곤 배우가 주연을 맡고 심연우 씨가 감독을 맡은 KBS 특집드라마로 방영된 바 있다.

그 후 성동민 작가는 경찰청 대변인실 홍보담당관으로 근무하면서 1993년 인기리에 방송되었던 KBS-TV 〈사건 25시〉, MBC-TV 〈경찰청 사람들〉 프로를 기획, 집필하는 등 제작에 참여하기도 하였다.

특히 이번에 문학박사 학위를 받게 된 논문 「남북한 전시소설 연구」는 홍신선 교수의 지도로 남한 소설 〈암야〉, 〈간호장교〉, 〈패배자〉, 〈사선기〉등 4개와 북한 소설 〈구대원과 신대원〉, 〈불타는 섬〉, 〈조가령 삭도〉, 〈악마〉등 모두 여덟 편의 소설을 유형과 스토리를 중심으로 한 '남북한 전시소설의 문학사적 의의'를 재조명하였다.

이 논문은 한국 전쟁기의 남북한 문학이 가진 문제적 성격과 가치를 재조명하고, 남북한 전시소설을 동일한 층 위에서 유형화하여 해방 이후 전개된 좌우 이념의 대립이 어떤 수렴과정을 거쳐 서로 적대성을 표방하고 있는지, 남북한에 분열된 공동체적 감정이 얼마나 이질적인 관계를 형성하고 있는지에 대해 이 시기 남북한 소설 문학의 스토리 유형 비교 분석을 통해 그 실상을 밝히고 있다.

그동안 한국전쟁문학에 관한 연구는 실증적인 검토가 부족했던 탓으로 문학사적 의의가 폄하되어 왔고, '전쟁문학'에 관한 명칭조차 연구자들 간에 합의되지 못한 실정이었다.

더욱 중요한 사실은, 한국전쟁이 한민족 전체는 물론 남북한 당국의 대사건임에도 지금까지의 한국 전쟁문학 연구는 남한에서 발표된 작품과 자료에만 의존해 왔다. 따라서 한국전쟁의 특수성을 매개로 남북한 문학 양자에 전시문학의 유형을 동일한 지평에서 접근하는 일이 선결 과제였고, 여태껏 남북한 전시문학을 동시에 비교 분석한 연구논문이 거의 불모지 상태였기 때문에 성동민 박사의 논문이 학자들 간에 관심의 초점이 될 것이라는 평이다.

지난 대학원 시절 지도교수로 재직하던 현 홍기삼 동국대학교 총장이 동기를 유발한 셈이다. 홍기삼 교수는 석사 논문을 쓸 때도 너무나 큰 고통을 주었다고 성동민 작가는 토로한다. 800자 원고지 1,000장 정도를 어렵게 어렵게 써서 홍기삼 교수 앞에 가면 홍 교수는 검정사인펜으로 막 휘갈겨 쓰며 고치곤 하였는데, 그 일이 무려 일곱 번이나 계속되었다며 어렵게 받은 석사학위 논문이 지금의 큰 도움이 되었다고 말한다.

이후 홍기삼 교수로부터 박사학위 공부를 할 것을 권유받았는데 그분은 지금 동국대학교 총장이 되었고, 본인은 박사가 되었다며 잠시 감회에 젖기도 하였다.

지도교수였던 홍신선 교수를 비롯하여 연세대학교 정현기 교수, 조건상 경희대 교수 한용환 동국대 사범대학장, 한만수 동국대 교수 등 5명의 교수가 무려 다섯 번이나 심사하여 논문이 통과되었다는 이야기를 하는 성동민 작가는 눈시울을 붉히며 그동안 밤을 낮 삼아 공부해왔던 노력의 나날들이 주마등처럼 스쳐 가는 듯했다고 토로한다.

이 논문은 성동민 박사가 남북한의 전시소설을 처음으로 비교 시도하였다는 데 의의가 있고, 전시소설을 연구한 학자가 손꼽을 수 있을 정도로 빈약한 상황에서 남북한 소설을 비교 연구한 것이 희귀한 가치를 인정받았다고 말한다.

현재 경찰문인협회 회장으로도 활동하고 있는 성동민 작가는 '문화경찰'이라는 경찰문인협회 동인지를 연 2회 통권 6호째 발간하고 있다고 자랑한다. 경찰문인협회에는 160여 명의 작가가 활동하고 있으며, 지난 2004년 6월 1일엔 '향기나는 문화 경찰을 지향하면서…'란 주제하에, 허준영 경찰청장, 신세훈 한국문인협회회장, 성기조 펜클럽 회장, 박정란 방송작가협회이사장, 김후란 문학의집 이사장, 장윤우 공예문화진흥원이사장을 비롯하여, 교통방송에서도 유명한 권장섭(회원, 시인) 등 경찰문인회 회원들이 다수 참석한 가운데 시낭송을 포함한 문학심포지엄을 열어 '향기나는 문화경찰에 한 걸음 다가섰다는 평가를 받았다.

　성동민 작가는 스토리 문학에 당부하고 싶은 말씀이 있으면 해 달라는 권유에 문인에 대한 예우가 열악하고, 문단환경이 빈약한 상황에서 문학지를 발간하는 일이 얼마나 어려운 일인지 잘 알고 있다면서, 문학지를 이끌어가는 스토리 문학 운영진에게 경의를 표한다며, 올곧은 문학지로서 소신과 정론을 펼칠 수 있는 살아있는 문학지가 되길 바란다는 의견을 피력했다.

　성동민 작가의 수필 한 편을 소개한다.

<수필>

정자나무처럼 산다면

성동민

어느 곳이든, 시골 마을을 찾으면 으레 아름드리 정자나무가 한 그루쯤 서 있게 마련이다. 마을의 역사가 오래일수록 정자나무는 우람하고 모양새가 좋아 보인다. 정자나무는 한 그루 나무로서 그냥 존재한다기보다는 마을 사람들의 마음속에 뿌리를 내리고 정서의 가지를 뻗치고 있다. 그래서 고향을 떠났던 사람들은 정자나무를 대할 적마다 짙은 향수를 느끼곤 한다.

고향을 떠날 때 마지막으로 인사를 나누는 것이 정자나무라면, 고향을 찾을 때도 가장 먼저 반겨주는 것이 정자나무다. 무더운 여름날 정자나무가 몰고 오는 시원한 바람이 말을 사람들의 땀을 식혀주고, 세상만사 즐겁고 괴로운 일 정담으로 엮어 잠시 피로라도 푸노라면 매미소리, 새소리 자장가에 살포시 꿀잠이 든다.

수백 년 얽히고설킨 마을의 숱한 사연을 그저 침묵으로 지켜온 정자나무. 그토록 한이 맺혀 눈물도 메말라버린 마을 사람들의 고통의 쓰라림을 사랑으로 감싸주던 정자나무. 싸움터에 불려가는 아들의 허리춤을 붙들고 대성통곡하던 어머니를 한사코 희망으로 끌어안아 준 정자나무. 꽃가마 탄 새색시를 아픈 가슴으로 시집보내야 했던 정자나무….

눈물과 회한과 영욕의 세월 속에서 정자나무는 그래도 아무 말 없이 사랑의 가지를 뻗치며 살아왔다. 정자나무는 지혜의 장소요, 서정의 쉼터였다. 정자나무는 평화의 상징이요, 화합의 정거장이었다. 정자나무는 진실의 하모니가 위대한 교향곡을 연주하는 꿈의 무대이며. 오손도손 인생을 반추하는 행복의 보금자리였다.

그곳에는 남녀노소 마을 사람들의 풋풋한 정이 서려 있었고, 이 세상에서 가장 진솔하고 진실한 얘깃거리가 마음과 마음으로 전해졌다. 그곳에는 이따금 삶의 잔치가 벌어져 싱그러운 웃음꽃이 피기도 했다.

정자나무에 새겨진 '恨맺힘'을 인간들은 '구원의 종교'로 인식했다. 오색 헝겊을 주렁주렁 매달아 놓고 그 앞에 돌무덤을 쌓아 소원을 빌었다. 마음과 정신세계에 어떤 신비로운 희망을 안겨주었던 정자나무는 바로 한국인의 정신적 지주였으며 영혼의 안식처였다. 마을 사람들의 기쁨과 슬픔과 영광과 좌절을 가슴으로 쓸어안아 주면서 조물주 계시의 대역자로 존재해 왔던 정자나무는 마을의 수호신인 동시에 한국인의 마음속에 자리 잡은 토속신일는지도 모른다.

"유세차 정묘년 모월 모시 누대로 이 마을을 지켜주신 木神께 제물 올리나니, 한이 맺혀 갈 길을 헤매는 영혼들과 이승에서 근심 걱정으로 고통받는 자들 한자리에 모였사오니 산신, 물신, 터신, 해신, 마당신, 목신 제 갈 길 찾지 못해 떠도는 잡신들이시여! 탁주 열 배 잡숫고 방황하는 중생들 새 생명으로 살게 거두어 주시옵소서!"

아름드리 정자나무의 위용은 인간들이 마음을 사로잡기에 넉넉했으며, 수백 년 동안 한 자리에 서서 삶을 누리는 생명의 신비로움 때문에 나약한 자들의 정신적 기구(祈求)의 대상일 수밖에 없었다.

"넋이야, 넋이야 넋이로구나 / 노량심산에 첫 넋이야 / 넋일랑 넋반에 담고 / 혼은 관에 담아 / 북망산천을 돌아가니 / 슬프고도 처량하고나 / 저승길이 멀다더니 / 정자나무 뒤가 바로 저승길일세 / 세상에 나오신 망제님 놀고나 갈까 / 받아주오, 받아주오 이네 근심 걱정 / 받아주오, 받아주오 이네 사주팔자."

마을 사람들은 정자나무를 향해 백 번 천 번 향배하며 구원을 빈다. 구곡산천에서 방황하는 부모·형제의, 먼저 가신 남편의 영혼을 넋걸이로 달래는 그 아픈 가슴을 정자나무는 침묵으로 달래주곤 한다.

정자나무의 모습은 마치 고향 할아버지와 흡사하다. 온갖 풍상을 그저 인내심으로 살아온 주름진 그 얼굴, 하얀 턱수염을 쓸어내리며 인심 좋은 말씀으로 정을 듬뿍 건네주는 그런 눈빛으로. 큰 슬픔과 괴로움을 작은 미소로 응답하는 하해 같은 마음으로….

정자나무의 온화함 역시 고향의 할머니와 흡사하다. 손자 손녀의 뒤통수를 어루만지며 모시 적삼 실올처럼 총총히 얽힌 정을 심어주시던 그 손길. 동짓날 장독대에 아껴두었던 홍시를 몰래 꺼내 학교에서 돌아온 손자 녀석 손에 쥐여주시던 감미로운 사랑. 그윽한 정성과 미더움으로 늘 포근함을 안겨주시던 그 표상을 정자나무에서 찾곤 한다.

사람들은 정자나무를 보면서 계절을 느끼고 세월의 흐름을 실감한다. 사람들은 정자나무를 통해 인생살이를 배우기도 한다. 고향을 등진 자들의 가슴에 향수를 심어주고 눈 내리고 비가와도 온갖 풍상 곳곳이 견뎌내는 삶의 교훈을 정자나무는 가장 솔직하게 전해준다.

정자나무로 인하여 사람들은 삶의 여유와 안식을 얻고 대화의 자리를 마련한 셈이다. 비록 한 그루의 나무에 지나지 않지만, 정자나무는 인간에게 정성과 새 생명과 희망을 불어넣어 준 것이다.

사람들은 정자나무의 이러한 진실을 깊이 이해하지 못한다. 정자나무가 주는 사랑과 정직과 온유함과 과묵함을 외면하고 만다. 인간들은 수백 년 동안 인내할 줄 아는 정자나무의 침묵을 배우려 들지 않는다.

푸른 하늘과 그 하늘을 떠받들고 있는 정자나무. 그리고 그 정자나무와 더불어 희로애락을 나누는 인간들. 진정 그들은 하늘과 정자나무를 바라보고 있는가? 정직한 소리를 듣고 있는가?

잠시라도 좋다. 문명생활의 오염에서 벗어나 겸허해 보자. 마음의 고향을 찾아 정자나무의 순수함을 닮아보자. 정자나무의 곧은 소리를 귀담아들어 보자. 삶의 진리와 마음의 평안을 깨달을 수 있으리라. 정자나무를 바라보면, 정자나무처럼 산다면. (終)

성동민 작가가 걸어온 길 – 교수가 된 성동민 총경
최초의 현직 경찰 '문학박사'로 대학 강단에 서

김태상 기자 (데일리안)

최초의 현직 경찰 문학박사로 유명한 경기 일산경찰서장
성동민(55) 총경이 교수로 대학 강단에 선다.

연세대 국문과와 서울예술대 문예창작과를 졸업하고, 동국대 대학원
에서 문학박사 학위를 받은 경찰 간부 가운데 다소 특이한 이력을 갖
고 있다.

특히 문학박사이면서 시대 문학 희곡 신인상을 비롯해 동아일보 신춘
문예에 시나리오가 당선됐으며, 한국문인협회, 한국방송작가협회, 희
곡작가협회, 펜클럽 회원으로도 활동하고 있다.
육군본부 정보참모부 재직 시 자유중국(대만) 정치작전학교 유학 후
심리전 전문요원으로 발탁되었고, 국방부 심리전단 정보작전과장으로
재직하면서 북한에 대한 심리전 활동으로 북한 사회를 자유화로 이끈
장본인이기도 하다.

338

육군 중령으로 예편한 뒤, 경찰청에 특별 채용되어 경찰과 인연을 맺었으며, 경찰청 대변인실과 일선 경찰서에서 근무 후 총경으로 승진하여 경북 청도경찰서장, 경찰대학 교무처장, 인천연수경찰서장, 서울경찰청 기동단장, 서울강서 경찰서장, 경기 일산 경찰서장 등을 두루 거쳤다.

〈떠도는 혼〉, 〈유라의 운명〉, 〈평양 엘레지〉, 〈2020년〉 상·하권, 〈개선문〉, 〈홍보심리이론과 실제〉, 〈정자나무처럼 산다면〉 등 여러 권의 저서와 번역서가 있다.

동국대학교 홍기삼 총장으로부터 문학박사 학위를 받는 성동민 작가

서울강서 경찰서장 재직 시 성동민 작가

굿바이 DMZ

'문학심포지엄' 주요 참석자

허준영(경찰청장), 성동민(경찰문인회장), 신세훈(문인협회 이사장), 성기조(펜클럽이사장), 김후란(문학의 집 이사장), 박정란(방송작가협회 이사장), 장윤우(현대시인협회 이사장) 외 회원들.

서울강서경찰서장 재직 시 탤런트 유동근 씨와 함께

영화 〈가문의 영광〉으로 청룡영화상 주연상 수상 축하 겸차해서 모처럼 만났다.
유동근 씨와는 오래전 KBS-TV 〈전우〉 드라마 때 작가와 배우로 인연을 맺은 좋은 친구
였다.

성동민 작가가 운영하는 '논현 재가복지센터'

직원 워크샵

'사랑방 학예회' 장기자랑

'사랑방 학예회' 단체 사진

▣ 학력

○ 순천고등학교

○ 연세대학교 국어국문학과

○ 서울예술대학 문예창작과

○ 동국대학교 대학원 국어교육학과 문학석사

  – 논문제목: 한국 전쟁시나리오 주제 양상 고찰

○ 동국대학교 대학원 국어국문학과 문학박사

    – 논문제목: 남북한 전시소설 연구

▣ 문단 경력

○ 동아일보 신춘문예 시나리오 당선

○ 시대 문학 희곡 신인상 당선

○ KBS-TV 주간드라마 〈전우〉 집필

    – 방송드라마 최우수 작품상 수상

○ KBS라디오 〈자유의 소리〉 집필, 방송출연

○ KBS-TV 특집드라마 〈떠도는 혼〉 집필, 방영

○ MBC-TV 〈경찰청 사람들〉 집필

○ KBS-TV 〈사건 25시〉 집필

○ 동아일보, 국방일보 문화칼럼 집필

○ 경찰문인회장 역임

○ 한국문인협회, 희곡작가협회, 한국방송작가협회, 시나리오작
가협회, 펜클럽 회원

▣ 공무원 경력

○ 국방부 심리전단 정보작전과장

○ 육군 중령(정보병과) 예편, 경찰청 특별채용

- ○ 경찰청 대변인실 공보담당관
- ○ 경찰대학 교무처장
- ○ 서울경찰청 기동단장
- ○ 경북 청도경찰서장
- ○ 인천 연수경찰서장
- ○ 서울 강서경찰서장
- ○ 경기 일산경찰서장

▣ 사회경력

- ○ 경기대학교 인문대학/대학원 문예창작학과 대우교수
- ○ 한국문인협회 문인기념공원설립위원회 위원장
- ○ 대한청소년교육문화진흥원 원장
- ○ 사회복지사 국가 자격 취득
- ○ 현재, 논현재가복지센터 대표
  - − 노인주간보호, 방문요양, 단기보호

▣ 저서 및 논문

- ○ 〈떠도는 혼〉 − 시나리오 작품집
- ○ 〈유라의 운명〉 − 칼럼집
- ○ 〈평양엘레지〉 − 칼럼집

- ○ 〈2020년〉 상·하권 – 번역소설
- ○ 〈개선문〉 – 번역소설
- ○ 〈홍보심리 이론과 실재〉 – 경찰대학 교재
- ○ 〈정자나무처럼 산다면〉 – 수필집
- ○ 「한국 전쟁시나리오 주제양상 고찰」 – 석사 논문
- ○ 「남북한 전시소설 연구」 – 박사 논문

▣ 상훈

- ○ 월간문학상 수상 (희곡부문)
- ○ KBS-TV 방송드라마 최우수작품상 수상
- ○ 동아일보 문화칼럼 감사장
- ○ 시대문학 희곡신인상 수상
- ○ 공무원 문화대상 수상
- ○ 대통령 표창 (2회)
- ○ 국회의장, 국무총리 표창 외 다수

굿바이
DMZ

펴낸날 2021년 11월 25일

지은이 성동민
펴낸이 주계수 | **편집책임** 이슬기 | **꾸민이** 이화선

펴낸곳 밥북 | **출판등록** 제 2014-000085 호
주소 서울시 마포구 양화로 59 화승리버스텔 303호
전화 02-6925-0370 | **팩스** 02-6925-0380
홈페이지 www.bobbook.co.kr | **이메일** bobbook@hanmail.net

© 성동민, 2021.
ISBN 979-11-5858-826-7 (03810)